中华
ZHONGHUA

魂
ZHONGHUA HUN

百部爱国故事丛书

奏响中华最强音

——人民音乐家聂耳

刘 达 编著

吉林人民出版社

图书在版编目（CIP）数据

奏响中华最强音：人民音乐家聂耳 / 刘达编著 . --
长春：吉林人民出版社，2011.3（2021.8 重印）
（中华魂·百部爱国故事丛书）
ISBN 978-7-206-07505-6

Ⅰ.①奏… Ⅱ.①刘… Ⅲ.①革命故事—中国—当代
Ⅳ.① I247.8

中国版本图书馆 CIP 数据核字 (2011) 第 032567 号

奏响中华最强音
——人民音乐家聂耳
ZOU XIANG ZHONGHUA ZUI QIANG YIN
　　——RENMIN YINYUEJIA NIE ER

编　　著:刘　达
责任编辑:李　爽　　　　　封面设计:孙浩瀚
制　　作:吉林人民出版社图文设计印务中心
吉林人民出版社出版 发行 (长春市人民大街7548号　邮政编码:130022)
印　刷:北京一鑫印务有限责任公司
开　本:787mm×1092mm　　1/16
印　张:8　　　　字　数:64千字
标准书号:ISBN 978-7-206-07505-6
版　次:2011年3月第1版　　印　次:2021年8月第2次印刷
定　价:35.00元

如发现印装质量问题,影响阅读,请与出版社联系调换。

总　序

　　《中华魂》是一套故事丛书。它汇集了我国自鸦片战争以来一百八十余年间的近百位民族英雄、仁人志士、革命领袖、先进模范人物的生动感人事迹,表现了他们作为中华儿女的伟大的爱国主义精神。

　　爱国主义是人们对于"生于斯、长于斯、衣食于斯"的祖国的一种神圣感情,是人们对于自己民族的一种强烈的责任感和使命感,是感召和激励整个中华民族的一面永不褪色的旗帜。在一百多年的中国近现代史上,爱国主义一直激励着中华儿女为祖国的独立、统一、进步和繁荣而英勇奋斗。从"苟利国家生死以,岂因祸福避趋之"的林则徐,到"我自横刀向天笑,去留肝胆两昆仑"的谭嗣同；从"铁肩担道义，妙手著文章"的李大钊，到"青春换得江山壮，碧血染将天地红"的赵一曼；从"县委书记的好榜样"的焦裕禄，到"问鼎长天，扬我国威"的邓稼先……都表现出了强烈的爱国主义精神。正是由于热爱祖国的人们前仆后继地奋斗，国家和民族才得以生存，才能够在一次次历史危急关头转危为安，走向兴盛和富强，从而屹立于世界民族之林。爱国主义是鼓舞中华儿女历经忧患、跨越沧桑、百折不挠、自强不息的伟大力量，它贯穿于中华民族的整个历史，并有力地凝聚着五洲四海的中国人。

爱国主义是一个历史的范畴，在社会发展的不同阶段、不同时期有不同的具体内容。革命时期，需要我们为祖国的独立自主出生入死；建设时期，需要我们为祖国的繁荣富强增砖添瓦。在全国各族人民团结一心，开启全面建设社会主义现代化国家新征程的今天,我们要争做一名新时期的爱国者。新时期的爱国者要有强烈的民族自尊心、自豪感。民族自尊心、自豪感是任何时期、任何爱国者都必须具备的情感。民族自尊心能增强我们自立向上的恒心,民族自豪感能树立我们建设祖国的信心。要树立"祖国高于一切"的崇高信念,为了祖国和人民的利益不惜抛却个人的利益,甚至不惜牺牲个人的生命。我们要树立终身学习的理念,拓宽自己的知识面,广泛吸收新知识、新技术,完善自身的知识结构,更新学习知识的方法与理念,从思想上、知识上充分武装自己,为祖国的繁荣昌盛贡献力量。

　　爱国主义思想的继承和发扬,是关系到民族盛衰、国家兴亡的根本问题。爱国主义思想情操的形成,需要不断地培养。培养爱国主义精神的一个重要途径是向英雄人物和典范事迹学习和致敬。这套丛书的出版,对于青少年向英雄和先进人物学习,特别是对于在中小学生中进行爱国主义教育是不可多得的生动的教材。祝愿此书出版发行成功,为培养时代新人做出贡献。

胡维革

中华魂

百部爱国故事丛书

编 委 会

策　划：　胡维革　　吴铁光

　　　　　林　巍　　冯子龙

主　编：　胡维革　　邢万生

副主编：　贾淑文　　杨九屹

编　委：　（按姓氏笔画为序）

　　　　　于二辉　　刘士琳

　　　　　刘文辉　　孙建军

　　　　　李艳萍　　吴兰萍

　　　　　谷艳秋　　隋　军

一系金陵五月更，故交蕾落几杳声。
高歌共待惊天地，小别何期隔死生。
乡国至今沦日侵，边疆次第坏长城。
英魂应化狂涛返，好与吾民诉不平。

———田　汉

目　录

中华**魂** 百部爱国故事丛书
ZHONGHUA HUN

前　　言

　　无论在民族危亡之时，还是举国欢庆之日；无论在抛洒热血的战场，还是在激烈角逐的赛场，每一个中华儿女的脑海总飘扬着一面旗帜，每一个中国人的耳畔总缭绕着一个旋律——我们的国旗与国歌，她们支撑着中国人的信念，更是所有国人的骄傲。提起国歌，总会有一个耳熟能详的名字，像我们最亲切的朋友，最熟悉的亲人，哪怕是小学生也能脱口而出，他就是聂耳——人民的音乐家。在那

聂耳

奏响中华最强音
——人民音乐家聂耳

个动荡不安的年代，他用激情与鲜血，谱写出一曲曲不朽的名作，《义勇军进行曲》《毕业歌》《卖报歌》《翠湖春晓》……他没受过专业的音乐训练，却用他的音乐创作了一个又一个的奇迹，用他自己的方式给活在黑暗中的国人带来力量。他短暂而传奇的一生更是他留给世人的又一个精彩的乐章。

聂耳的生命是很短暂的，他只活了不到24岁，从事音乐创作的时间也只有三四年，但他所创作的三十多首歌曲，却在中国现代艺术史上留下了不可磨灭的影响，并对中国人民的革命事业作出了巨大的贡献。聂耳作为人民音乐家，取得了巨大成就，他的创作具有强烈的时代精神。聂耳生活在第二次国内革命战争的年代，抗日战争爆发的前夕。当时，中国共产党正在领导人民和工农红军对国民党反动政府的反革命镇压与反革命围剿进行殊死斗争，同时，日本帝国主义正在加紧对中国的侵略，民族危机日益严重。团结起来抗日救亡，成为广大人民的一致愿望。聂耳的音乐作品，正是反映了这一时代精神的最强音。它不仅反映出历史发展的必然趋势，表达出人民的呼声、情绪和思想，而且回答了时代的要求，并推动了时代的前进。

苦中有乐的童年

　　辛亥革命胜利后的第二年春节前夕，聂耳出生于昆明城南有道按的中药铺"成春堂"。父名聂鸿仪，原是玉溪市的一名中医，于清朝光绪末年（1909）举家迁居昆明经营成春堂药店。聂耳在玉溪的故居是聂耳的曾祖父聂连登于清末所建，传至聂耳的父亲聂鸿仪。光绪二十八年（1902），聂鸿仪去昆明行医，留给聂耳的大嫂王静珍居住。聂耳故居是一楼一底木结构建筑，临街面楼下原为半截砖墙，外有护板，上部为活动木板窗，开为铺面。街面楼下房檐上仍有半截依稀可见的浮雕图案。聂耳于1927年初中毕业后，曾随母亲彭

寂宽回玉溪，于农历六月二十二日至七月十日在此复习功课。聂耳的父亲一边给人看病，一边给病人抓药，勉强维持一家七口人生活。他的母亲主要从事家务，并协助丈夫经营医务。聂耳乳名嘉祥，学名守信，字子义。"聂耳"这个名字是他后来进"明月歌舞剧社"所取的艺名。聂耳有三个哥哥、两个姐姐，他在男孩中排行第四。

聂耳是家里最小的孩子，全家人都十分宠爱他。他是个聪明好学的孩子，记忆力特别强，3岁的时候就能识字300多个，到了4岁，就认识500多个汉字了。母亲教他唱的民歌小调，他学几遍就会唱，大人讲给他听的故事，他也很快能够复述出来。最招人喜欢的，还是他的模仿能力。他经常学鸡、狗、小鸟等小动物

聂耳音乐广场

的叫声，听到觉得有意思的方言，他便能一点不走样地学出来。有一次，他独自在屋里扭来扭去，哥哥问他在做什么，年幼的聂耳边扭边说："我在学刚才来我们家的那个女人走路。"一看他那姿态，果然惟妙惟肖，把大家都逗得笑出了眼泪。由于父母的教育和家庭环境的熏陶，聂耳从小就养成了一些良好的生活习惯和思想品德。如爱整洁、讲卫生；与人和睦相处；勤于跟大人一同做事。他从记事起，就牢记父母的教导，如"人穷志不穷""只要肯努力，穷人家的孩子也会成器"。有一年的春节，邻居的孩子都穿红戴绿一身新衣服，聂耳依然是一身旧衣服，有个阔少鄙夷地骂聂耳是"叫花子"，聂耳被这突如其来的侮辱气得半天说不出话来。从此，他坚决不和有钱人家的孩子接触。在今后他所创作的许多歌曲中，几乎处处都留下了这种爱憎分明的阶级感情的烙印。

聂耳的父亲在医学上有较深的造诣，又精通制药、炮炙之法，为人思想也较为开明。由于家庭负担过重，长年操劳过度，在聂耳4岁时患了当时无法治愈的肺结核病，不久他就卧床不起与世长辞了。父亲过早地离开，对聂耳全家，特别是聂耳的母亲，是沉重的打击。

聂耳的母亲刚强能干、温良贤惠，她自幼没能入学读书，靠勤奋自学识了许多字，读了《百家姓》《三字经》等几本书。结婚后，在聂鸿仪的帮助下，她学文化，并逐步掌握了中医中药理论和医术。丈夫死后，她不仅毅然挑起了全家生活的重担，而且承担了教育子女的全部责任。逐步掌握了药理、切脉、处方等全面的中医中药理论和医术，经过鉴定医生的官方考试，她取得了行医的资格，继承了亡夫的事业。每天，她一个人又看病又配药，依靠有限的诊药费来维持一家人的生活。不足部分，她就用晚上替人家洗衣服和做针线活来弥补。聂耳最初的启蒙教师是母亲，在母亲的耐心教育和严厉督促下，他5岁时就能认1000多个汉字了，而且对每个字都进行认认真真地"描红"。母亲总是用"头悬梁，锥刺股""少壮不努力，老大徒伤悲""一寸光阴一寸金，寸金难买寸光阴"等教育孩子们，要求他们勤奋上进，不允许他们沾染半点不好的习气。母亲还经常给孩子们唱娓娓动听的花灯调、洋琴调，把许多民间传说故事唱给孩子们听，使他们自幼在心灵深处种下了喜爱传统文化和民间音乐艺术的种子。

1918年，6岁的聂耳向母亲提出了要念书的请求，尽管家里经济不宽裕，聂耳的母亲还是满足了他的愿望。当时的昆明师范附小，要求学生一律穿蓝色制服，戴蓝色大檐帽，上边佩一枚铜制鸡心形帽徽。为了缴制服费和学杂费，母亲只好忍痛典当了父亲留下的唯一的"财产"——八音钟。初小一年级的课程是国文、算术、修身（相当于现在的思想品德课）、体育、手工、图画和唱歌。聂耳没有辜负母亲的期望，读书很用功。有一天下大雪，很冷，母亲说这样的天气就不要去上学了。她一是怕聂耳衣服单薄会冻病了，二是觉得这样的寒冷天里是不会有人去上课的，老师也不一定会来。聂耳却仍然按时来到学校。班里只来了三四个同学，他们的杨实之老师不但照常给他们上课，还赞扬他们不怕苦、勤奋读书的精神。凭着这股精神，期末各科考试，聂耳都名列第一。一天，聂耳见母亲

聂耳故居

奏响中华最强音
——人民音乐家聂耳

在一边暗自流泪，才知道家里欠了房主几个月的房租，就要被房主撵出去了。聂耳和两个哥哥商量，决定背着母亲到外边去打点临时工，挣些钱以解家中燃眉之急。当时，两个哥哥的年龄分别为 13 岁和 10 岁，聂耳只有 7 岁。他们手牵手沿着昆明的街道从南走到北，从东找到西，几乎所见到的百货商店、酒馆茶楼、杂货铺子都问遍了，可由于年龄小，没有一家肯用他们。最后，兄弟三人满怀沮丧，饥肠辘辘地拖着沉重的双脚回到家里。在整个初小的四年学习期间，聂耳各门功课年年取得优异成绩。1922 年，聂耳初小毕业，本以为自己学习成绩优异，一定能升入本校高小。但校方却宣布：凡已参加"童子军"的，可直接升入本校高小，未参加"童子军"的，一律转到私立求实小学高小就读。"童子军"是国民党时代在小学实行的军训化组织。聂耳由于家境贫寒无力购置童子军服等衣物，因而没有参加这个组织。虽经聂耳再三力争，却最终未能留在昆师附小，被迫到求实小学读书。

私立求实小学，是由昆明市热衷于教育事业的苏鸿纲先生筹资创办的。由于没有校舍，只好借用位于市中心的孔庙（今天的文庙）上课。在开学典礼上，聂耳聆听了校长的讲话，得知求实小学是经过怎样的艰苦奋斗才兴办起来的，心中感动不已。这一年，聂耳被推选为校学生自治会会长，并任本班的班长。不久，孔庙要修缮，有关方面让求实小学暂时迁出，待完工后再行迁回。然而他们却自食其言，事后拒绝学校迁回。学校因而面临被迫停办的命运。聂耳作为大家推选的学生代表，与苏校长一道到孔庙当局进行说理斗争，又到教育主管部门请愿，均遭无理回绝。在聂耳等学生积极分子的组织下，学校成立了宣传队，走上街头进行宣传、演讲，呼吁各界人士给予同情和声援。经过几天的斗争，果然得到各校的声援和社会舆论的支持，最终取得了胜利。求实小学的全体师生重新得到了他们的校舍。为了表彰聂耳发奋学习和勇于斗争的精神，学校特颁发给他一张"第一号褒状"的奖状，以资鼓励。到了1955年，原求实小学校长苏鸿纲先生还在《云南日报》上追述道："聂耳同志小时候就具有正义感和与恶势力斗争的精神……"

聂耳自幼喜爱云南丰富优美的民歌、花灯、滇剧、洞经调等民族民间音乐。"当一个音乐家"是聂耳少年时代美好的梦想。由于生活所迫，聂耳的母亲带着孩子们几次搬家。他们在端仕街居住时，不远处有一家小木器店，店主是一位姓邱的木匠师傅，闲来喜欢吹吹笛子。聂耳被邱师傅的笛声吸引，听得十分入神。终于有一天，他向邱师傅学会了吹笛子。而后，他又

向一位小学老师学会了拉二胡。后来，他又先后学会了弹弄三弦和月琴。1924年11月1日，学校正式成立了"私立求实小学校学生音乐团"，聂耳和两个哥哥都是这个乐团的成员，同学们一致推举聂耳担任音乐团的指挥。

然而，到了高小二年级，聂耳再次面临着失学的问题。由于家中经济实在困难，学校同意将聂耳的学杂费减免一半。这在当时的私立小学里，已是十分难得了。但另一半费用上哪儿去弄呢？母亲终于咬咬牙，卖掉了被典当又曾被赎回的那只八音钟。失去了心爱的八音钟，全家人都难过得哭了。从此，聂耳变得更加懂事，也更体贴母亲了。为了减轻母亲的负担，他从未买过一本教科书，都是借同学的书来一本本地抄写，抄得十分认真、工整。他一点也不觉得这样做有多么辛苦，反而为能够省下买课本的钱而感到欣慰。他认为这样整本地抄书，可以熟悉课文，巩固记忆，对学习更有利。就这样，聂耳使用着手抄的课本，在班上始终保持着名列前茅的优异成绩。

逆境中前行

1925年春，考虑到家庭实际经济状况，聂耳接受杨实之老师的建议，考入了因允许走读而相对收费较低廉的云南第一联合中学（当时的中学多为住读）。升入中学后，他在音乐、文艺方面的爱好有了新的增长。他积极地参加学校和亲友所组织的各种器乐合奏活动，并开始对在昆明等地民间广泛流传的"洞经调"发生浓厚的兴趣；学唱当时流传的各种中、外革命歌曲（如《马赛曲》《国际歌》《国民革命歌》《工农兵联合歌》等）。这时聂耳对英语产生了浓厚的兴趣，功课再忙，他也总是坚持晚上去英语学会补习英语，有时到昆明基督教青年会去听英语课。在那里，他结识了他的恩师柏希文先生。柏希文是一位出生于中国的外籍学者。他的父亲是法国人，母亲是中国广东高州人。他对于聂耳英语水平的提高、思想认识的发展和音乐爱好的培养都产生了深刻的影响。他常常给学生灌输

011

奏响中华最强音

人民音乐家聂耳

无神论思想，揭露帝国主义侵略中国的罪行。他促使聂耳对钢琴等西洋乐器萌生了兴趣，进一步加深了对欧洲音乐的了解。在柏先生的指导和聂

耳的努力下，聂耳初中毕业时，已能阅读一般的英语读物和进行普通的英语对话了，并常常用英文写日记。当时正值第一次国内革命战争进入高潮阶段，国民党在共产党的支持下，召开了第一次全国代表大会通过了孙中山先生提出的"联俄、联共、扶助农工"的三大政策，创立了为发展革命武装力量的黄埔陆军军官学校，并在此基础上成立了誓师北伐的"国民革命军"。反对帝国主义、反对军阀统治的革命群众运动迅速发展，传播各种进步思想的报刊遍及全国。这一切对促进学生的成长，产生了巨大的影响。就在这样的形势下，聂耳广泛地阅读了《生活知识》《创造月刊》《东方杂志》等进步书刊，并热情投入为反抗帝国主义暴行、支援"五卅"受难工人的宣传、募捐演出等活

动。这些活动大大开阔了他的政治视野，促进了他对社会问题的关注以及对学习马克思主义等革命理论的兴趣。例如，在他当时的一篇作文练习《近日国内罢工风潮述评》中，开始以阶级斗争的观点去分析社会矛盾，提出了"欲免除罢工之患，非打破资本（产）阶级不可"的正确见解。中国当时严酷的社会现实，深刻地教育了聂耳。他积极投入蓬勃的学生运动中。

1927年秋，聂耳初中毕业。当时的云南省立第一师范学校是全省唯一的一所公立学校，学生的学杂费和膳宿费都由国家负担，因而报考的人很多，录取的比例只有1/10。即使这样，历经三榜考试，聂耳仍以优异成绩考入该校高中部的"外国语组"，主修英语。在学校，他是文艺活动的积极参加者，演剧时经常演女主角（因当时实行男女分校制）。因他曾在《克拉维歌》中出色地扮演过女主角"马莉亚"，后来"马莉亚"竟一度成了他的外号。当时的省立第一师范是昆明学生运动的中心，在地下党和共青团的直接领导下，该校学生们参加校内外的进步活动非常踊跃。聂耳在同班同学的帮助下参加了共青团的外围组织"读书会"。阅读了不少进步书刊，提高了政治思想觉悟。1927年，蒋介石叛变革命，云南的军阀当局也搞起了"清党"的罪恶勾当，昆明很快就笼罩在一片白色恐怖

奏响中华最强音

之中。亲眼见周围的进步师生和共产党人惨遭杀害，聂耳满腔悲愤，但他一点也没有退缩，反而更加坚定了追求真理的决心。他曾在一篇作文练习《我的人生观》中自我批判了过去曾流露过的消极遁世思想，并针对当时的种种反动暴行，大声疾呼："我们的自由究竟得着多少？完全是在几个军阀政客包办的政府手里"。最后他发出了必须"打倒恶社会，建设新社会"的庄严号召。在革命形势处于低潮时，在生死考验面前，聂耳毅然于1928年秋加入了共产主义青年团。聂耳作为党领导下的"救难会"的成员，曾多次去监狱探望、接济被关押的革命同志，按照团组织的安排，他还从事刻印、张贴传单等革命活动。他从事革命活

聂耳雕像

动的方法很高明。学校内有两个亭子，他能一面和同学聊着，一面反手就把标语、传单贴在柱子后面。由于他经常张贴文艺活动的通知，学校并不怎么怀疑他。

聂耳在省立师范读书的时候，因共同的爱好，他结识了省立师范附小教音乐的张庚侯，并开始练习拉小提琴，并与其三哥聂叙伦、友人李家鼎等经常在家里进行民乐合奏等活动。在省立师附小的孩子们的要求下，他俩合作写了《省师附小校歌》，由张庚侯作词，聂耳谱曲。当时省立师附小的学生，现已是年逾古稀的老人，一提起当年聂耳、张庚侯教他们唱的校歌，仍记忆犹新："同学们，大家团结起来，锻炼勤苦耐劳的个性，养成服务社会的能力，造就健全生活的本领……"聂耳的三哥聂叙伦回忆道："在创作校歌时，聂耳根据歌词反复琢磨，并在屋里高声试唱，边唱边改，没有几天就完成了。这首校歌，不仅在校内流行，也成了校外学生普遍爱唱的一首歌了。"那时的聂耳，只有16岁。聂耳在省立师范读到第三个学期，心里逐渐产生了去外省探索真理、寻求出路的念头。他想到外省去读公费学校，但又没有哪个学校来云南招生。他还想外出谋一个合适的工作，却又没有什么门路。当时年仅16岁的聂耳还不可能对统治阶级的反

动实质、对以蒋介石为代表
的国民党和"国民政府"的
反动性、欺骗性有什么深刻
的认识。因此1928年冬，当
他听说驻扎在湖南郴州的国
民革命军第十六军来云南招
收"学生军"派驻外省时，
他与同班的几位进步学生误
认为"男儿有志四方"这是

聂耳

一次参加实际革命斗争的好机会。几天之中，报名者
就达200多人。一时间，聂耳也显得异常兴奋："云南
不是我待的地方。虽然我的家庭是这样快乐，学校生
活也是这样有趣，思来想去，宁肯牺牲了一切一切，
甚至于牺牲了我的可爱的小朋友。我决定了，无疑了，
明天一定和他们走吧！"从云南到湖南，绝没有现在这
样方便。须先沿滇越铁路到达越南河内，由越南港口
城市海防乘船到中国的香港，再由广州出发乘车到湖
南。聂耳一行人几经辗转，历尽千辛万苦，于1928年
12月15日到达十六军驻地——湖南郴州。这时，聂耳
才发现，他们哪里是什么"学生军"，实际是范石生的
第十六军为了补充兵源而招募的新兵。他们被编入
"新兵队"受训，在那里，聂耳亲身感受了旧军队内部

的黑暗与腐朽，认识到自己受了骗上了当。新兵的生活很凄苦，聂耳在日记中写道："看见新兵之惨状，见熟人之流泪。吃罢晚饭，稻草三把灰毯一床。"在这种情况下，几乎每天都有新兵逃跑。被抓回来的不是被活活打死、被打残，有的被罚做苦役。由于一位同乡的疏通、帮助，聂耳于1928年12月26日离开了新兵队，到连里当了文书。1929年3月随十六军军官团南下广州。聂耳希望能在广州投考黄埔军校，后因资历不够未能实现。同年4月8日，聂耳等人被该军遣散，结束了近半年的军队生活。聂耳徘徊在广州街头，不知何去何从。到上海报考公费学校？没有把握。在广州等待投考航空学校？要等4个多月，仅有的一点遣

聂耳的故乡——玉溪

散费根本维持不了那么久。回昆明？哪里有颜面去见亲朋呀。此时，他在报上看到了一则演剧学校招考公费生的消息，便兴冲冲地去以聂紫艺的名字报了名，考入广东戏剧研究所附设的音乐班，待考取后才得知，该校只是学习粤剧中的锣鼓、丝弦等乐器、实在与聂耳的兴趣不相投。聂耳心灰意冷，决定尽快回昆明。

1929年5月，他向人借了一笔路费，才回到了家乡，继续在省立第一师范插入原班继续学习。经过这次挫折，聂耳的革命意志并没有消沉，他在学习专业课之余，阅读了大量的马列经典著作和进步书刊，并以文艺演出的形式，积极投入反帝反封建及募捐救灾、办学的宣传活动中。他在第一师范学习期间，业余学习音乐，参加各种游艺演出。这时他结识了新搬来的邻居、后来任省第一师范附小音乐教员的张庚侯，通过他指导开始练习小提琴和吉他演奏为同学、友人演出，黎锦晖的儿童歌舞剧《三蝴蝶》等伴奏。经常参加校内外的音乐、戏剧等活动。与张庚侯、廖伯民等友人一起组织九九音乐社。这时他对戏剧表演也表现出极大的兴趣和突出的才能，对文学戏剧的写作也有强烈的爱好，并有意通过写日记来扩展文学写作方面的才能。多才多艺的聂耳经常受到友人们的赞赏，更受到一些低班女同学的崇拜。聂耳尽情领略这种真诚的友谊和春天般的欢乐，并开始萌发了自己纯洁的初恋。当年10月，在参加该校的戏剧研究会所举办的一系列中文话剧的演出活动中，与其在云南的初恋女友袁春晖结识，也是他唯一爱恋的人。即使以后他在灯红酒绿的大上海人生闯荡中，与许多歌星、影星相交，都不能改变聂耳对远在家乡恋人的忠贞。在远离家乡的这些日子里，与袁春晖互吐衷肠往来的书信达200封左右。就在聂耳远涉重洋遇难之前，他的母亲还来信催促聂耳抽时间回家与袁春晖完婚。因聂耳一直想在自己认定的事业上有更大的建树，这段美好纯真的姻缘，因聂耳的突然遇难而成为遗憾。但聂耳是带着爱恋而去天国的。当噩耗传到聂耳家乡，袁春晖悲痛欲绝，好多年都不能自拔，之后她一直住在聂耳家中，侍奉着聂耳的老母彭寂宽……

回到省第一附属师范学习期间，聂耳与学生中的进步力量建立了密切的联系，并继续自学有关马克思主义的理论。1929年7月11日，云南的军阀为了备战而搬运军火，结果引起昆明市北门街江南会馆火药库的大爆炸，无辜的百姓死伤在4000人以上。中共云南地下党在"济难会"掩护下，组织救济灾民。聂耳作为"济难会"的主要成员，参加了学生组织"七·一青年救济团"。他尽全力协助灾民解决衣物、食宿、卫

019

奏响中华最强音
——人民音乐家聂耳

生、教育等问题，并四处奔走，积极开展宣传工作。他还发动灾民向军阀政府请愿，要求严惩祸首，赔偿损失。反动当局对此大为恐慌，派军警四处搜捕学生。聂耳在群众的掩护下幸免于难，被安排去乡下躲避了一段时间。

在毕业前夕，聂耳得悉他有被捕的危险，1930年初，云南军阀之间的混战基本结束，他们得以转过来镇压革命人民。许多共产党人被捕牺牲，也有一些意志薄弱者当了可耻的叛徒。这年5月，有叛徒供出了聂耳参加共青团的情况，敌人开始对聂耳进行暗中监视，就要向他下毒手了！一天，聂耳三哥聂叙伦的好友李同文突然跑到聂耳家，说他在父亲的办公桌上偷看到一份逮捕名单，上面有聂守信（即聂耳）的名字。

李同文的父亲是当时昆明地方法院的院长，参与了密谋逮捕的工作，这个消息是可靠的。聂耳必须立即离开昆明。可离开昆明又能到哪里去呢？这时聂耳刚由省立师范毕业，玉溪教育局曾聘请他到玉溪中学教英文。可是到了玉溪，也仍然在云南反动政府的魔爪下，随时有被捕的可能。只有远走外省比较安全。然而路费上哪去弄呢？即使走成了，今后的生活也是没有着落。这时，正巧有一个机会，使聂耳的出走计划得以实现。三哥聂叙伦的一位福建朋友薛耕愚先生，在上海设立了"云丰申庄"，经营纸烟业务，他约聂叙伦去担任会计。三哥想，如果把这个工作让给聂耳，弟弟就能很快离开昆明了，况且全部路费都由店方提供，到了上海有个落脚的地方，生活上也能有保障。为了使弟弟逃脱被反动派逮捕的厄运，三哥立即同薛先生商量，以自己要在家照顾老母为托词，让聂耳顶替自己去上海，薛先生同意了。1930年7月10日，聂耳告别了亲人故友和家乡，只身取道越南，途经香港，于7月18日来到了上海，此后，聂耳远离自己的家乡、远离亲人和故友，开始了他在外独自谋生的日子。那时，他只有18岁。

闯荡上海

旧中国的上海，被称为"冒险家的乐园"。它既是帝国主义、封建买办阶级和一切反动腐朽势力的大本营，同时又是一个有着光荣革命传统的城市，是中国共产党诞生、成长并进行长期艰苦卓绝斗争的摇篮。聂耳初到上海，经济上很拮据，生活异常节俭。"云丰申庄"的经营业务只有一桩，就是从上海采购香烟邮寄到昆明销售。他们串通一个在邮局工作的股东，私下里逃过按规定应缴纳的高额的特种消费税，从中牟利。聂耳看在眼里，心中充满鄙夷。聂耳在"云丰申庄"所干的活计是辛苦而又琐碎，并且乏味至极。无非是提货、包装、邮寄、记账之类，有时还要拉板车运货。每天工作达十多个小时。起初，申庄只管食宿，开始没有工资，于8月下旬，改为所谓"驻申稽查员"名义才给以每月15元的低薪。除吃饭外，也仅够添些简单的衣服和日用品。这个商号位于上海虹口公平路的一条弄堂里，居住条件很差，周围环境混乱嘈杂。商号里的同事成天打麻将、看电影、逛马路，聂耳对此极为看不惯。他没有虚度光阴，而是利用一切时间学习英语、日语，阅读革命文艺理论和进步书刊，苦练小提琴。他在给二哥聂子明的信里说："二哥，请放心吧！我虽没有钱用，这是无所谓的，我只希望我的生活能随我理想的有系统。现在我每天都在自修英、日文，但时间很少，单烧火煮饭的时间就要占一大半，还要做所谓公事。不过我都尽量找时间，做自己的功夫。繁华的上海，藏污纳垢，您的弟弟早深深地感到。请您像以前一样地相信他，他决不会误入歧途的。"即使在这样艰难困苦的条件下，聂耳仍念念不忘火热的斗争生活。聂耳一到上海就面临着两种截然不同的生活的影响。一方面不得不整天忙于日益繁重的商务劳动。另一方面，他早年的经历、对文艺的爱好以及他的一些进步同乡和家人书信的影响，使他不愿沉沦在无聊的生活旋涡之中。当革命的节日"8月1日""11月7日"到来时，他心底里充满无限的希望和喜悦，

企图在报纸上能见到应有的反应，更盼望在街头会出现动人的革命集会的场面。8月1日，南昌起义纪念日这一天，聂耳兴奋地注视着街头，希望能看到革命群众迎接节日的游行活动。然而实际情况令他大为失望。他在1930年8月1日的日记中写道："上海的'八一'料想中不会怎样，因为租界已经先期严密防范。今天的报纸开始便是'今天八一，华租界严密防范'。"他四处找寻进步书刊阅读，这些书刊激起他文艺创作曲欲更使他认识到以后的研究和创作必须摆脱个人无病呻吟的狭隘天地，而应"更深层次地向前跑，向着新的艺术运动的路上跑去""非集团的、不能和群众接近的文艺已是成为过去的东西了，它是在现在社会所不

必需的。"（聂耳1930年8月1日及11月8日日记手稿）

聂耳到上海仅仅两个多月，就参加了中国共产党领导下的"上海反帝大同盟"虹口区的组织，积极从事抗日游行示威等活动。在上海时，他最喜爱的乐器是小提琴，可是靠那几个仅够糊口的工钱是绝对买不起的。直到1931年2月，他帮助昆明老家的朋友张庚侯、廖伯民在上海代租电影拷贝，得到100元报酬。100元啊，离开大家庭以来他还从未拥有过这么多的钱，聂耳的心狂跳起来。他把这笔钱的一半寄给母亲，另一

聂耳

半买了一把廉价的小提琴还有两本乐谱，这才了却了多年的心愿。这把普通的小提琴，从此为聂耳的生活增添了华丽的色彩。

1931年3月19日，"云丰申庄"因漏税之事败露，受到巨额罚款后倒闭。聂耳就此失业。正当他徘徊街头，为寻找工作而四处奔走时，他无意中从报纸上发现了一则联华影业"联华音乐歌舞学校"招生的启示，便立即去报考。所谓"联华音乐歌舞学校"，实际上是以黎锦晖领导的明月歌舞剧社为基础、扩大改组而成的。明月歌舞剧社的前身，是黎锦晖创办的中华歌舞剧团。这是我国最早的职业性歌舞团。阵容虽然不大，但是因为拥有上海有名的"歌舞四大天王"王人美、胡笳、黎莉莉、薛玲仙以及影帝金焰等名角，在上海乃至全国名噪一时。当时聂耳在群星璀璨的"明月"是名小提琴练习生。聂耳报考时，"明月"与"联华"还在为这一改组

黎锦晖的中年照

协商谈判，所以当时他们对外演出仍以"明月歌舞剧社"的名义。这个歌舞剧社只有十几名年轻歌舞演员，10人不到的小乐队，连同其他编、创等工作人员在内，总共约40人左右。"明月歌舞剧社"招考小提琴师的广告，待遇是提供食宿，每月另发10元钱津贴。聂耳兴奋异常，这不仅可以解决眼下的温饱问题，更重要的是可以一心一意地从事他热爱的音乐事业了！报考"明月歌舞剧社"的有100多人，经过初试、复试等严格考核，聂耳终于幸运地成为仅被录取的3人中的1个。从此，他更加勤奋刻苦地练习小提琴，每天练琴时间常在6小时以上。那一时期，他的日记中经常出现"一天的小提琴生活"的字样。功夫不负有心人，经过半年多的勤学苦练，聂耳的小提琴演奏技巧有了很大提高，成了乐队的主要小提琴手。聂耳担任乐队的提琴手的同时还要上台串演舞蹈、杂耍以及担负大量繁重的杂务。在最初的4个多月里；聂耳没有固定的薪金，除了可以免费吃、住以外，只能得到一些临时性的演出津贴。直到当年9月，"明月歌舞剧社"正式与"联华"影业公司签约后，他才取得每月25元的低薪。聂耳报考"明月歌舞剧社"时，用的是"聂紫艺"的名字。由于他有一副天生就十分聪敏的耳朵，又极擅长模仿别人说话的声音和腔调。有人回忆说："从他耳朵里进去的，没有不能从他嘴里活跳出来的。"更有趣的是，聂耳可以用意念驱使他的耳朵前后上下地摆动，做出许多滑稽样子。再加上他姓聂，因此很多人都戏称他"耳朵先生""聂耳博士"。于是，他索性在自己姓下面加一个"耳"字，聂紫艺就正式改名为聂耳了。

对一个自幼喜爱吉乐歌舞，年纪不到19岁而又处于失业困扰中的青年讲来，聂耳能进入这样一个"专业""艺术"的团体，其领导人又是他在中学期间经常习演的《三蝴蝶》《月明之夜》《葡萄仙子》等儿童歌舞剧的作者、大名鼎鼎的黎锦晖，这毕竟是给他展示了一个意想不到的、将来可以成为专业音乐家的新天地。过去，他只不过是业余爱好音乐，从未得到任何正规的训练，现在他所面临的问题是如何在这样一个专业歌舞班的乐队中站住脚。显然，在音乐专业上、特别是小提琴的演奏上，认真提高自己的技艺是当务之急。为此，他抓紧每天的小提琴基本练习，先是向社内的"小老师"王人艺请教，王人美的二哥王人艺是聂耳的专职小提琴老师。于是，人们常常看到师徒二人认真地矫正指法，"错了""又错了"，德沃夏克的《幽默曲》时断时续。"小老师"与聂耳同龄，平常为人很随和，教琴却毫不马虎。19岁的聂耳，刚刚摸琴，连乐谱都看不懂，哪里懂什么对位、和声，"小老师"有点急了。但聂耳可不傻，他知道自己碰上了好老师。"一定能学会，"他对自己说。吃罢晚饭，大家都结伴去逛"四马路"，到"大世界"看杂耍，聂耳却一声不吭，躲进房间练琴。他要完成自己的业务指标：一天至少"恶补"7个小时的琴。后来又跟随一位意大利籍私人教师帕杜施卡学习。尽管向外籍教师学习每个月学费几乎占了他一半月薪，弄得他经常向人借贷或靠典当衣物维持开支，但他从不间断学习。"拼命三郎"聂耳很快出名了。其时，电影和戏剧往往裹挟在一起。一会儿在舞台上演话剧，一会儿又聚集在水银灯下。这样做，虽出于制片商节省成本的策略，客观上却锻

炼了演职员。比如
王人美在电影《风
云儿女》中除饰演
女主角之外，还要
唱主题歌。拉小提
琴的聂耳，也要时
不时上场扮个什么
卖油、炸臭豆腐的
小贩；或者涂一身
黑墨，扮成黑人矿
工。他善于模仿的

表演才能已是人尽皆知。1959年，赵丹在电影《聂耳》
里出演聂耳时，还不止一次地谈及当时的往事。出入
"明月"的都是上海滩演艺界的知名人物，蔡楚生、孙
瑜、卜万苍、金焰、郑千里、王人美、黎莉莉、白丽
珠、赵丹、周璇、阮玲玉等。近观名人，聂耳才体会
到什么是"风头正健"。星光照耀之下，起初投身于此
只为谋生的聂耳，眼界一下子开阔起来。与此同时，
他还经常去听上海的各种音乐会，其中给他留下较深
印象的是当时上海英租界的工部局管弦乐队演奏的许
多西洋交响音乐名曲，世界著名小提琴家海菲兹
（Jascha Heifetz）来华的独奏会以及我国著名琵琶演奏

家朱荐菁的独奏等。此外，通过唱片欣赏、音乐演出以及阅读音乐书籍等途径他也逐渐熟悉了大量中外音乐名作，扩大了自己音乐的视野，丰富了音乐知识和修养。以后，他又开始了对钢琴弹奏、和声学、作曲法等的自学，这时他已具有强烈的音乐创作的欲望，这从他的日记中可以看到。1932年1月他就开始了音乐创作的尝试，他先后写过一首小提琴曲《悲歌》、两首口琴曲《进行曲》与《圆舞曲》。

1931年7月初，聂耳参加了"明月歌舞剧社"在上海北京大剧院的演出。这是聂耳第一次在上海登台表演。那几天天气很热，每天要求连演3场，大家实在有些吃不消。但他们连续演了整整4天，总共才得到6元钱的报酬。为此，聂耳在7月4日的日记中写道："资本家的剥削，着实是无微不至啊！""细想一

下，这种残酷的生活，也不亚于那些赤膊露体的工人们大汗淋漓地在那高热的机械下苦作着。"1931年7月10日，聂耳已离开家乡到上海谋生整整一年了。在这一天，他自我反省道："在这一年中，我的生活虽有小小的变迁，但仍不如我计划中一年应有的进步。"他感到自己"背驰了原定的路线"，"放松了某一种中心思想的发展"，认为头等重要的事情应该是学习革命理论，用马列的思想来武装自己。他开始制定学习计划。当他开始实施这个计划时，他感到了"从没有过的愉快"。他兴奋地在日记中用英文写道，"现在的聂耳，已不是过去的聂守信！"他如饥似渴地学习了《反杜林论》等马列著作，思想上取得了很大的进步。1931年"九一八事变"后，日本帝国主义侵占了我国的东北三省，这给聂耳的思想以极大的震动。他敏锐地认识到：

聂耳音乐广场

"日本帝国主义的侵略，全是有准备、有计划的。"对于当时某些舆论所谓中日之间"不过是下级警民的冲突，日政府对中国是没有一点敌意的"等论调极为不满，对当时有人把希望寄托于"国际联盟"调停的愚蠢想法更是嗤之以鼻。那时的所谓"国联"，哪里会站在中国的立场上为中国人民说话？忧国忧民的聂耳不断地听到国土沦丧的消息，"心里很不好过"，以至于"这些消息代替了早点，午饭减少了一大半"。紧接着1932年上海爆发了"一·二八事变"。1月28日这一天，日军大举进攻上海。国民党政府仍然采取不抵抗政策，下令将有抗日要求的十九路军调离上海。由于命令尚未到达时，日军已开始发动进攻了，英勇的十九路军官兵们没有走，他们在爱国将领蔡廷锴、蒋光鼐的率领下，不顾蒋介石的禁令，奋起抗击敌人。他们顽强坚守了一个多月，毙敌万名，迫使日军三易其主帅。最后终因寡不敌众，加之国民党政府的破坏，被迫于3月1日撤退，日军随即占领了上海。这对聂耳的思想有了更直接的触动。他十分同情那些受到战火摧残而逃难的同胞，"看了这些惨痛的景象心里更难受起来""不知他们怎样去找一块安息的土地?!"他认识到和日军抵抗的华军是十九路蔡廷锴的，他们曾几次被调遣赴湘、赣"剿共"，但他们死守上海。现在既有

聂耳墓

这样的机会，当然只有和倭鬼干一干，要比打自己弟兄好得多，这也是他们唯一的出路"。在十九路军英勇作战期间，聂耳和一切爱国的热血青年一样，积极参加了各种配合抗日斗争的活动。他曾只身一人冒着枪炮到战区拍摄照片，偷偷地将一艘日本大兵舰完整地拍摄下来。这张照片至今还保留在聂耳的日记里。这是珍贵的历史资料，也是日本帝国主义侵略中国的铁证。上海失守了，民族危亡的严酷现实使聂耳猛醒，促使他严肃地思考自己的艺术观和应走的道路。他对自己曾一度脱离革命斗争，单纯追求音乐艺术的倾向作了无情的批判。帝国主义的侵略、人民的苦难、民族的危亡、统治当局坚持反共卖国的反动政策以及革命书刊、进步思潮的影响，促使聂耳严肃地思考自己

的艺术观和应走的道路。他逐步认识到作为一个革命的艺术家必须站在大众的立场上去要求自己、正确处理自己跟社会、时代的关系。他在日记中写道："着实，现在我必须要这个（按大众化的立场）来指导一下对音乐正当的出路，不然，自己想着有时的思想居然和社会、时代冲突起来，这是多么危险的啊！"在"一·二八事变"发生后的第十天，即1932年2月7日，向自己提出了"怎样去做革命的音乐"的问题。他质问自己："一天花几个钟头苦练基本练习，几年，几十年后成为一个小提琴演奏家又怎样？你演奏一曲贝多芬的《奏鸣曲》能够兴奋起、可以鼓动起劳苦群众的情绪吗?""不对,此路不通、早些醒悟吧!你从前是怎样一个思想?现在居然如此之反动!"聂耳逐渐悟出自己和"明月"这个团体有着不同的方向,对这个团体所定的道路开始有了质疑,对当时中国歌舞界、电影界所面临的客观情况有所警惕,对生活在这些团体中的那些青少年女演员的可悲的命运感到忧虑和同情。

<h2 style="text-align:center">聂耳与田汉</h2>

聂耳在思想上逐渐清醒了起来,对自己、对中国艺术的前进有新的认识和要求。就在这时,聂耳结识了当时左翼"剧联"的负责人之一著名戏剧家田汉。田汉出身贫民家庭,多才多艺。早年留学日本,1920年代开始戏剧活动,写过多部著名话剧,成功地改编过一些传统戏曲。少年时代受到谭嗣同、陈天华、

田 汉

黄兴等人影响，具有反帝爱国志向。1912年就读于长沙师范学校，1930年加入中国共产党，1916年得舅父易梅臣之助，东渡日本，考入东京高等师范学校，1919年，在东京加入李大钊等组织的少年中国学会，开始发表诗歌和评论。翌年，创作了剧本《环琭璘与蔷薇》《咖啡店之一夜》。1921年，与郭沫若、成仿吾等组织创造社，倡导新文学。1922年回国，受聘于上海中华书局编辑所。1924年，田汉与妻子易漱瑜创办《南国半月刊》，发表独幕悲剧《获虎之夜》，上海各学校竞相上演。此后，先后在长沙第一师范学校、上海大学、复旦大学任教。1926年，在上海与唐槐秋等创办南国电影剧社，编导拍摄《到民间去》，未竟。1927年秋，任上海艺术大学文学科主任，不久被推举为校长，编写了话剧《苏州夜话》《名优之死》等。年底，会同欧阳予倩、唐槐秋、周信芳，高百岁等举行"鱼龙会"演出，影响颇广。1928年，与徐悲鸿、欧阳予倩组建

田汉故居

南国艺术学院，田汉任院长兼文学科主任。同年秋，成立南国社，确定"团结与时代共痛痒之有为青年，作艺术上之革命运动"的宗旨。南国社青年走向社会，以狂飙精神推进新戏剧运动，曾多次到南京、杭州、广州等地演出。同一时期，田汉主编了《南国月刊》，写作了《古潭的声音》《颤栗》《南归》《第五号病室》《火之跳舞》《孙中山之死》《一致》等剧本和一系列关于运动的戏剧文章。

1920年至1929年田汉的早期戏剧活动，对中国新兴话剧的奠基和发展起到了重要作用。在戏剧文学方面，他的创作彻底摆脱了"文明戏"的影响，吸取了中国戏曲和欧美戏剧的精华，使中国话剧作品作为一种独立的文学形式走向新的高度。《获虎之夜》和《名优之死》就是这个时期的巅峰之作。他创建的南国社，是最早具有专业性质的话剧团体之一，它把话剧由校园推向了社会，对话剧的普及和戏剧运动的开展起到了积极的推动和带头作用。南国社的创作和演出，不仅产生了进步的社会影响，而且培养了一批艺术骨干，对话剧事业的开拓有不可磨灭的贡献。

从1929年冬开始，田汉在从事文艺活动的同时，积极参加政治活动。1930年3月，他以发起人之一的身份参加了中国左翼作家联盟成立大会，并被选为以鲁迅为首的7人执行委员之一，接着参加了中国自由运动大同盟。同年4月田汉发表了著名的《我们的自己批判》，公开宣告向无产阶级转向。6月，南国社继艺术剧社之后被反动派查封。为了进一步加强团结，左翼剧团联盟改组为左翼戏剧家联盟，田汉是发起、组织者之一。

1932年他参加中国共产党，从此参与了党对文艺的领导工作，先后担任过"剧联"的党团书记和中共上海中央局文化工作委员会委员。这期间，他创作了话剧《梅雨》《乱钟》《暴风雨中的七个女性》《回春之曲》等大量作品；同时又和夏衍、阳翰笙等打入电影阵地，为"艺华""联华"等影片公司写了《三个摩登的女性》《青年进行曲》《风云儿女》等一批进步电影

文学剧本，使电影文学从思想到艺术出现了新面貌。此外他还创作了由聂耳谱曲的《毕业歌》《义勇军进行曲》等著名歌曲。这个时期是田汉政治热情和艺术才能全面发展的时期，他对左翼文化活动的开展，起了领导和推动作用。1935年2月，中共江苏省委和上海文委被破坏，田汉与阳翰笙、杜国庠等被捕入狱，后保释出狱，被软禁于南京。同年秋，华北事件发生，田汉与应云卫、马彦祥组织中国舞台协会。12月，邀集上海、北平、天津等地演员，在南京举行了为期18天的公演，演出了田汉创作的《回春之曲》《械斗》（与马彦祥合作）、《黎明之前》《洪水》。期间曾拒绝国民党政府参与其事和给予经济补助。翌年，改编并演出了6幕话剧《复活》，创作了独幕话剧《阿必西尼亚母亲》《女记者》和戏曲剧本《土桥之战》。1937年春，据鲁迅小说改编5幕话剧《阿Q正传》，由中国旅行剧团首演。

"七七事变"后，创作了5幕话剧《卢沟桥》，并举行劳军演出。不久，中共代表团到达南京，审查了田汉被捕后的表现，恢复了他的组织关系。8月，田汉赴上海，参加文化界救亡工作。上海沦陷后，田汉南下长沙，旋返武汉从事戏剧界抗日统一战线工作。12月武汉联合公演《最后的胜利》，接着成立了中华全国戏剧界抗敌协会，田汉是主要组织者之一，并起草了成立宣言。

1938年初，据抗敌剧协"决议"，田汉与马彦祥、廖沫沙等编辑出版了《抗战戏剧》半月刊。后去长沙，又筹办了长沙《抗战日报》，并着文明确提出，"现阶段的剧院路线是戏剧游击战"，号召戏剧工作者为民族解放而斗争。1938年2月，田汉应周恩来之邀，到武汉参加国共合作的军委会政治部第三厅，任第六处处

1934年田汉（右）与聂耳合影

长，负责艺术宣传工作，同洪深等组建了 10 个抗敌演剧队、4 个抗敌宣传队和一个孩子剧团。1938 年 11 月，撤离武汉到长沙，团结湖南广大戏曲艺人进行抗日救国之演出，并亲自写作了《新雁门关》《江汉渔歌》《岳飞》等戏曲剧本。1940 年应三厅召赴重庆，期间与欧阳予倩、杜宣、许之乔等创办《戏剧春秋》，在桂林出版。田汉曾先后主持"戏剧的民族形式问题座谈会"和"历史剧问题座谈会"，产生了很大影响。"皖南事变"后，田汉离开重庆到湖南南岳住了近半年，随后到桂林从事抗战戏剧活动，在极端艰苦的条件下领导组建了新中国剧社和京剧、湘剧等民间抗日演剧团体。同时写作了话剧《秋声赋》《黄金时代》，与洪深、夏衍合编了《再会吧，香港》。1944 年春，田汉与欧阳予倩等在桂林主持了西南第一届戏剧展览会，检阅了国民党统治区抗日进步戏剧队伍和大批优秀剧作的演出，对加强戏剧队伍的团结和坚持进步戏剧运动起了很大推动作用。

抗战胜利后，田汉于1946年春回到上海，投入了反对国民党反动统治的民主运动，写作了《丽人行》《忆江南》《梨园春秋》等戏剧和电影。这个时期，田汉主要是以公开身份组织领导演剧活动。除了新文艺工作者组成的演剧团体之外，田汉更注意戏曲艺人的团结和民族传统形式的运用和改造，广泛动员戏剧界各种力量，投入抗日救亡和争取民主反对内战的运动。中华人民共和国成立后，田汉任文化部戏曲改进局局长、艺术事业管理局局长、中国戏曲学校首任校长。他紧密团结广大戏剧工作者，为壮大戏剧队伍、繁荣戏剧创作做了大量工作。他积极推动戏曲改革，促进了传统戏曲艺术的发展。与此同时，还写出了话剧《关汉卿》《文成公主》，改编了戏曲《白蛇传》《谢瑶环》等作品。

田汉毕生从事文艺事业，创作了话剧、歌剧60余部，电影剧本20余部，戏曲剧本24部，歌词和新旧体诗歌近2 000首。他写的《义勇军进行曲》，经聂耳谱曲传唱全国，被定为中华人民共和国国歌。他不仅是

中国革命戏剧运动的奠基人和戏曲改革事业的先驱者，
同时也是中国早期革命音乐、电影事业的卓越组织者
和创造者。田汉是中华全国文学艺术界联合会副主席、
中国戏剧家协会主席；并被选为第一、第二届中国人
民代表大会代表、第四届中国政治协商会议委员。
1949年后田汉任职文化部戏曲改进局、艺术局局长。
"文化大革命"中被迫害致死。1979年4月平反，在北
京召开了隆重的追悼大会。

　　"一·二八"以后，上海白色恐怖严重，中共提
出在文艺界发展党员，壮大左翼力量。年轻活跃的聂
耳被列为首批培养对象。培养和联系人是上海左翼剧
团联盟负责人田汉，后来介绍聂耳入党的也正是田汉。
但在聂耳目前保留下来的十多万字的日记、文章、书

1933年聂耳与田汉合影

札里，关于田汉的描述却很少，即使有，也大多是流水账式的记录，至多用"很好"这样的字眼笼统地表示一下。勤写日记和书信的聂耳，逢"田"何故谨慎规避？令人不得而知。当然，在田汉的眼里，聂耳最初只是一个有着不平凡经历的追求革命的贫苦学生，两人阅历、资历以及性格都存在着极大的差异。但这并不妨碍田、聂二人在音乐创作中的默契合作。

　　1933年至1935年两年间，田汉作词，聂耳作曲，一同创作了《开矿歌》《大路歌》《毕业歌》《码头工人》《苦力歌》《打砖歌》《打桩歌》《告别南洋》《春回来了》《慰劳歌》《梅娘曲》《打长江》《采菱歌》《义勇军进行曲》等14首歌曲，几乎占了聂耳全部作品的一半。聂耳的处女作《开矿歌》是两人合作的开端。后来被作为中华人民共和国国歌的《义勇军进行曲》则是两人合作的巅峰。

奏响中华最强音
——人民音乐家聂耳

《毕业歌》歌词

同学们，大家起来，

担负起天下的兴亡！

听吧，满耳是大众的嗟伤！

看吧，一年年国土的沦丧！

我们是要选择"战"还是"降"？

我们要做主人去拼死在疆场，

我们不愿做奴隶而青云直上！

我们今天是桃李芬芳，

明天是社会的栋梁；

我们今天是弦歌在一堂，

明天要掀起民族自救的巨浪！

拓展阅读
TUOZHAN YUEDU

《毕业歌》

由田汉作词、聂耳谱曲的《毕业歌》，是电影《桃李劫》插曲，同时也是一首进行曲风格的群众歌曲。此歌作于1934年。该片描写"九一八"事变后，中国青年学生坎坷的生活道路。《毕业歌》就是影片中一群青年毕业前欢聚一堂时唱的，影片结束时又再次响起，这首歌起了提示影片主旨，号召有为青年走上救亡战场。由于歌曲表达了一代青年"天下兴亡，匹夫有责"的爱国激情，因此深为广大群众，特别是青年学生所喜爱，在我国革命斗争中，产生了巨大的影响。

巨浪，巨浪，不断地增涨！

同学们！同学们！

快拿出力量，

担负起天下的兴亡！

　　电影《风云儿女》剧本刚刚完稿，编剧田汉被捕。聂耳见到导演夏衍的第一句话是："《风云儿女》谁来作曲？"第二句话就是："我来写吧，田汉也会同意的。"自信与笃定溢于言表。狱中的田汉果然同意了聂耳的请求。很快，聂耳就拿出初稿，定稿是聂耳到日本后完成的。聂耳逝世后，诗人郭沫若在日本写了一首诗，以志纪念；1954年云南省重修聂耳墓，郭沫若又撰写碑文；同年，日本藤泽市修建聂耳纪念

聂耳在演奏小提琴

碑，碑铭也由郭沫若题写。聂耳生前与郭沫若是否有交往，我们并不清楚，但作为田汉的密友，因为田汉的缘故，郭沫若关注聂耳是十分自然的。尽管聂耳和田汉有过多次成功的合作，在"朋友"和"搭档"之间，应该倾向于从后者的角度考量两人的关系。聂耳提起田汉，总是恭恭敬敬地称一声"田老大"。

聂耳通过田汉与党组织取得了联系，参加了由任光、张曙、吕骥等革命音乐家组成的"苏联之友社"的音乐小组，并参加"左翼戏剧家联盟"组织的各种活动，经常为报纸杂志写电影音乐评论文章。据田汉后来回忆，在他同聂耳的会晤中，聂耳向他谈了政治见解和艺术见解，倾吐了对共产党的仰慕和追求，表示要好好学习，把自己的一切才能都献给党。在党组织的培养教育和自身的努力下，聂耳的思想觉悟不断提高。在外敌入侵、国难当头的危急时刻，"明月歌舞剧社"的主办者为了迎合小市民的低级趣味，单纯追求票房价值，仍然上演一些与时代脉搏和人民大众的需求格格不入的轻歌曼舞及《桃花江》《毛毛雨》一类靡靡颓废的节目。聂耳对此深恶痛绝。他劝告主办者黎锦晖改变这一现状，但没有被接受。于是他以"黑天使"的笔名，在1932年第3期的《电影艺术》上发表了一篇《中国歌舞短论》的文章，全文不到一千字。它以简洁而辛辣的语言批评了"黎派"歌舞。聂耳一方面肯定了黎锦晖的作品中反封建的内容，同时指出其中色情颓废的另一面。聂耳写道："我们所需要的不是软豆腐，而是真刀真枪的硬功夫。""资本家住在高楼大厦大享其福，工人们汗水淋漓地在机械下暗哭，我们应该取怎样的手段去寻求一个劳苦大众的救主?!"他还在日记中说："我实在不该和这些没有希望的人鬼混，我要做的事还多着呢。我是一个革命者!"但聂耳并没有片面地对黎锦晖的艺术全盘否定，他指出：在黎锦晖写过的作品中"有的却带有反封建的元素，也有的描写出片面的贫富阶级悬殊"，他对黎锦晖及其歌舞的今后仍抱着一线希望，他以满腔热情指出："你听不见在这地球上，有着无穷的一群人在你周围呐喊、狂呼？你要向那群众深入，在这里面你将有新鲜的材料，创造出新鲜的艺术！喂！努力！那条才是时代的出路！"

在30年代"黎派"歌舞风靡一时的时期，文化界、教育界及音乐界有不少人曾先后在报刊上发表文章对之进行斥责怒骂，并呼吁统治当局给予取缔。但是，所有这些批判、指责都没有像聂耳这篇文章那样

矗立于石浦渔港的聂耳像

田汉晚年与爱人合照

全面、尖锐、深刻，又富于说理，它深深触痛了黎锦晖及其追随者，以至于在"明月歌舞剧社"引起了轩然大波。他们又是开会研究、稳定内部的思想情绪，又是组织文章进行分辩，以求平息社会上的风波，消除舆论界的压力。但这一切都不能改变聂耳的主张。他们只能将聂耳辞退，并专门在 1932 年 8 月 10 日的《时报》上刊登启事，声明今后有关聂耳的"一切言语行动，与本社无关"。就这样，聂耳以"叛逆者"的姿态，离开了"明月歌舞剧社"。

徘徊在北京

1932年8月，聂耳离开上海来经天津到北平（今北京），希望能在这个久已向往的古都谋得一个新的职业，或实现自己长期梦寐以求的上大学的愿望。聂耳在北平期间，住在宣武门外校场头三条的云南会馆里，在那里，他接触了许多云南的旧友，如许强、陈钟沪、李纯一、杨哲夫、何宏远、张鹤（天虚）、陆万美等。刚到北平的第二天，一个叫马匡国的人就请聂耳到青云阁听大鼓看杂耍。对此，聂耳心存疑惑，倍加警惕。他知道马匡国这人是一个血债累累、心毒手狠的特务

骨干分子，曾于1926年从云南到南京参加了国民党办的中央政治学校第一期的学习。1927年被派回云南担任侦缉队长，专门从事破坏革命组织、逮捕、拷打革命者的罪恶活动。这个时候，他来北平干什么呢？据他自己讲是来"投考大学深造"。可谁相信这个已三十四五岁的特务头子真是来考大学呢？面对这一情况，聂耳决定先稳住和麻痹敌人。于是，尽量避免与进步人士接触，而是在朋友的陪同下，去游览北平的名胜古迹。聂耳与几位云南同乡先后去了中南海公园、北海公园、万牲园（即北京动物园）、颐和园和香山公园。他们在一起喝茶、讲故事、拉琴唱歌、回忆家乡云南美丽的风景，心情无比舒畅。聂耳还经常深入天桥等贫民区，了解下层人民的生活，搜集北方民族和民间音乐素材，体察劳苦大众发自内心的呼声。"（我）钻入了一个低级社会。在这儿，充满了工人们、车夫、无产阶级的汗臭，他们在狂吼、乱叫，好像是疯人样地做出千奇百怪的玩意，有的在卖嗓子，有的在卖武功，这些吼声，这些真刀真枪的对打声，锣鼓声……这是他们的生命的挣扎，这是他们向敌人进攻时的冲锋号。"最使聂耳难忘的，还是"清华之行"。清华大学、燕京大学是聂耳中学时代早已梦寐以求的高等学府。如今去参观了清华，聂耳由衷地感叹道："'清华'的环境着实太好了。我玄想着要是我现在是里面的学生，我将会很自由地跑上大礼堂去练习音乐，到图书馆去读书，到运动场去打球，……一时思潮起伏，追忆起学校生活的乐趣。"但是，当聂耳了解到北平日益高涨的学生运动和左翼文艺运动的情况后，他又对自己究竟应该立即投入实际斗争还是专心去上学，仍然拿不定主意。"我想到若是进了北平大学艺术学院，重新开始学

聂耳与母亲及兄长们的合影，摄于1923年昆明

生生活，这会给我感到何等的悠闲，更想到以后来参加'清华'的乐队演奏。但是，回头想想过了两三年的平静生活以后将怎样？！算了吧！还是不要异想天开！""老实说，考什么学校？我何必要这样软化下去？！……试问我进3年的学校比做3年的事是哪一样的希望大些？！我决定了，决定回上海去……"更坚定了"回上海"投入左翼电影运动的决心。

但是在袁春晖和郑雨笙的鼓励下，聂耳还是决定报考国立北平大学艺术学院。自从中师毕业后，聂耳已有两年多时间没有接触与考试有关的那些专业基础课程了。在上海工作时又没有时间进行系统的学习，来到北平后，云南会馆那里地方小，人员多，没有一个安静的学习环境。加上他来北平后不久就患了严重的痢疾，很长时间不见好，直到报考前几天也没有完全恢复健康。由于以上种种原因，聂耳没能扎扎实实地复习功课。9月13日，聂耳到艺术学院报了名。"明天要考试了，什么也没有预备"，聂耳焦急万分。9月18日，是日军侵占东北三省一周年。上午，聂耳和许

多进步青年一道，前往天安门参加市民大会，谴责日
本帝国主义的侵华罪行。但街上戒备森严，分布在天
安门附近的军警更是三米一岗，五步一哨的。雄伟的
天安门城楼下已聚集了许多群众，但紫禁城的门却紧
闭着。大家明白，群众的正义集会又被统治当局严令
禁止了。这一天，也是聂耳最痛苦、最失望的一天。
艺术学院的考试结果已经出来了。录取榜上没有聂耳
的名字，这对聂耳来说是个极大的打击。这是他平生
投考学校第一次落第！他过去考学，无论是考初中、
考师范，还是到上海投考联华音乐歌舞学校（"明月
歌舞剧社"），统统都是以优异的成绩被录取。然而这
一次，他的的确确是"失败"了。他苦恼、痛心。朋

人民音乐家聂耳之墓

瞒着家人投奔国民革命军时期的聂耳（右），苦涩的军队生活使他的表情也显得灰暗

友们纷纷鼓励他，安慰他，并告诉他：在失败面前最重要的是不能失去信心！事后，他进行了深刻的自我反省，终于悟出了一个道理：无论做什么事，一定要有坚定的信念，顽强的毅力，作出艰苦的努力和充分的准备，千万不能有丝毫的侥幸心理，更不能靠碰运气。从这次失败中，聂耳得到了有益的启示。

没有考上艺院，聂耳更加勤奋地自学起来了。经友人介绍，聂耳决定到北平当时著名的小提琴教师托诺夫门下进一步深入地学习小提琴的演奏。在严师面前，聂耳不敢有丝毫的松懈，往往从上午8点一直练到下午4点，整整拉8个小时！他还买了《音乐通论》

奏响中华最强音

《音乐的性质和演奏》等籍，常常一直看到深夜，实在
是爱不释手。由于聂耳刻苦的训练和认真的准备，每
次到托诺夫那里去上课，成绩都非常好，受到托诺夫
的称赞，托诺夫说他"顶喜欢这样的学生"。但是，当
时聂耳没有工作，因此也没有什么经济来源，生活十
分拮据，而交给老师的学费却很贵。聂耳想，只要自
己努力，练出好成绩来，请教师免费教学的计划就大
有实现的可能，这样也可以激励自己非用功不可。若
是连续3个星期不出错误，老师满意的话，那就好向
老师开口了。聂耳在学习音乐艺术的同时，并没忘记
和远离火热的斗争生活。他通过上海左翼戏剧家联盟，
很快与北平剧联的同志取得了联系，参加了他们的演
出活动，曾在高尔基的独幕剧《血衣》中扮演了一个
老工人的角色，给大家留下了深刻的印象。10月28

日，清华大学邀请北平剧联去演出，聂耳准备的节目
是用小提琴演奏《国
际歌》。他心中异常激
动，因为这是他到北
平后第一次公开登台
演出。当时的会场内
充满了激烈的斗争，
空气很紧张，台下的

聂耳与小演员黎铿在一起

右派学生不断地起哄捣乱，有的还往台上扔石头。担任钢琴伴奏的人被吓跑了。聂耳不畏强暴，仍然坚持用小提琴把这首无产阶级的战歌演奏完。那响亮有力的琴声和《国际歌》激昂奋进的旋律，鼓舞着数以千计的爱国学生。大家随着音乐声心中默唱着："起来，饥寒交迫的奴隶！起来，全世界受苦的人！满腔的热血已经沸腾，要为真理而斗争……"场内的秩序好极了，那些离乡背井的学生，更是感奋不已，心潮难平。

这期间，还参加了北平左翼音乐家联盟的组建工作，协助他们草拟组织大纲，召开成立大会，为北平音乐家联盟的尽快成立做了许多事。与左翼组织的频繁来往和参加各种进步文艺活动，使聂耳受到莫大鼓舞和鞭策，他感到自己的前途有了新的目标和希望。他曾写道："半年的北平生活，把我泛滥洋溢的热情与兴趣注入正流的界堤。"聂耳曾希望留在北平，并为此做过努力。他去找在北平私立美术学院教书的同乡王丹东，请他想办法

聂耳 冼星海歌曲选

英租界工部局交响乐队，约摄于1930年。后排右三为聂耳

给自己谋个教书的位置，这样，一来可以使最基本的生活条件得到保障，二来可以有学费继续到托诺夫那里去学小提琴。王丹东也尽力为他争取，把聂耳的情况向学校领导作了推荐，向学生做了介绍。学生们普遍对聂耳的热情诚恳、演奏艺术上的纯熟和所富有的感染力很有好感，一致向校方表示欢迎聂耳来教小提琴。但院长得知他从事过许多进步活动，怀疑他有什么"政治色彩"，因而坚决不收。这对想在北方学生的火热斗争中继续锻炼成长、多作贡献的聂耳来说，又是一次打击。聂耳无法再在北平生活下去了没能进入大学学习，又找不到合适的职业，经济来源早已断绝。

冬天到了，北平的天气已十分寒冷，而聂耳的棉衣还在上海的当铺里。北方的冬天，没有棉衣怎么能度过呢？正在这时，聂耳收到了一封上海朋友的来信，告诉他"联华影业公司"需要他回去工作的消息。就这样，聂耳于1932年11月8日重新回到了上海。找到了田汉，转交了北平"剧联"的信件。应朋友之邀，聂耳进了当时上海的联华影业公司。开始说是让他当演员，后来又说是搞剧务、管服装，又临时派他担任过场记。聂耳对这一切都感到很生疏，但想到生活的转变，觉得很有趣。从此，聂耳进入了上海的电影圈，他日后许多著名歌曲，都是为影片所创作的插曲。聂耳回到上海的第三天，就冒雨到田汉的住处，并找到

聂耳与女演员（左起）王人美、于知乐、胡笳在一起

了夏衍等人，将北平"剧联"一年来的工作报告和介绍他入党的介绍信，交给了党组织。聂耳进入联华影业公司后，更加积极主动地完成组织上交给的工作，无论什么事都抢着干，从不分"份内""份外"。闲暇时间，他刻苦学习文艺理论、学习音乐、学习外语。因而深得组织上的信任和同志们的支持与喜爱。

辉煌的创作之年

1933年初，经中国左翼戏剧家联盟负责人田汉、赵铭彝介绍、夏衍监誓，聂耳光荣地加入了中国共产党。后来，赵铭彝教授回忆说："1932年，根据当时党提出的要在文艺界发展党员的指示精神，结合聂耳平时的表现，上海'剧联'当时考虑可以接收他入党。1933年初，就由我负责开门见山地找他谈话。聂耳听后很高兴，立即表示愿意加入党组织。于是叫他写了一份简历，不久就由我和田汉介绍，正式加入了中国共产党。"据夏衍回忆，聂耳的入党宣誓仪式，是在联华影业公司一厂的一个摄影棚的角落里举行的。临时找不到党旗，就在纸上画了一面党旗来代替。当时，正是日本帝国主义不断侵占我国领土，民族危机日益深重的年代，也是国民党反动派对革命人民实行军事

"围剿"和文化"围剿"最疯狂的时期。在此民族矛盾、阶级矛盾交织，白色恐怖最为严重的情况下，聂耳毅然以一个民族战士和阶级战士的姿态站在斗争的最前列，决心为党和民族的事业贡献出自己的一切。

入党后，聂耳的文艺思想有了进一步的提高，他认识到："音乐和其他艺术、诗、小说、戏剧一样，它是代替着大众在呐喊。大众必然会要求音乐的新的内容和演奏，并作曲家的新的态度。"他决心拿起音乐这个战斗武器，为无产阶级和人民大众服务。从1933年入党到1935年这两年多的时间里，聂耳的艺术才华得到了充分的发挥。他以高昂的革命热情，成功地创作了三十多首充满战斗激情和富于劳动人民感情的乐曲。这短短的两年，是聂耳一生中最为充实、多彩和最为

奏响中华最强音
——人民音乐家聂耳

辉煌灿烂的时期。

聂耳在联华影业公司担任场记时，曾主动热情地做一些"份外"的工作，协助导演和演员很好地完成电影的

调皮的聂耳在摄影厂内开着作道具用的模型汽车，摄于1933年2月

拍摄。在拍摄影片《除夕》时，有两个演员需要表演一段因生活所迫，不得不一同投江自杀的情节。但是重复拍了几次，演员总是酝酿不起悲愤绝望的情绪来。聂耳便想出了用音乐感染演员的办法，他在拍摄现场拉起了小提琴，那悲凉的曲调，是他即兴创作的。哀怨、凄惨的气氛顿时笼罩了整个场地，在这如泣如诉、悲痛欲绝的琴声的强烈感染下，两个演员很快进入了角色。只见他们双双呆立着，用绝望的目光望着曾经给他们带来过一些温暖的家，泪如泉涌，无言地诅咒着那吃人的黑暗社会。突然间，他们像失去理智似的冲向江边，一同投入了那滔滔的江水之中……导演对这段表演极为满意。这组镜头拍完之后，女演员陈燕燕仍坐在雪地上，静静地流泪，久久地没有从她所扮演的角色中走出来。导演和演员都十分感谢聂耳，更

钦佩他的聪慧多才。

聂耳为人直率热情，又十分幽默风趣，加之他对各种社会活动的热心参与，在"联华"以致在整个上海电影界深得人心。在联华影业公司一厂，他除了担任场记外，还担任了音乐组主任、俱乐部执行委员兼秘书、剧本起草委员会委员等职务。在厂外，聂耳是中国电影文化协会的常委兼组织部秘书，还参加了苏联之友社音乐小组，和任光等人一起发起组织中国新兴音乐研究会，共同研究音乐理论和创作问题。他在日记中这样写道："近来差不多每天都在过开会生活，……前天从早晨开到深夜一时。'联华'航捐会执委、话剧剧本起草委、音乐组主任、联华一厂俱乐部执委、秘书、中国电协组织部秘书、电协组长、电游艺会筹备委员、中国新兴音乐研究会发起人。戏剧方面，公

司工作，自己练琴、看书、运动、作曲、教唱歌、写信等，便是我的日常生活。"在这极为繁多的工作压力下，聂耳还挤出时间为报纸杂志写了一些文艺短评、电影剧本和电影故事。

此外，他还经常随左翼剧联到工厂、学校开展活动。一次，他随左翼剧联的剧团到上海郊区，用上海话为农民和学生演出反帝话剧，受到热烈欢迎。1933年2月的一天，聂耳终于在上海霞飞路（今日的淮海路）上租到了一间自己的小屋。他在当天的日记中写道："上午搬家，高兴极了！布置新屋，处处都讲究美。"那是一幢临马路的三层楼房，聂耳住在第三层。房子里很明亮，聂耳把它布置得既美又朴实：一张木床，一个藤编的书架，一张五屉书桌，一个洗脸盆架，两把木椅，一个茶几，墙上挂着几幅照片。有了一间独居的房子，聂耳觉得工作和生活都方便了许多，但经济上却更加紧张了。他当时虽然身兼数职，担任许多工作，但每月的工资只有28元，后虽调整到30元，可每月的房租要10元，伙食费10元，车费、零用10元，其他杂费4元，反而入不敷出。没有别的办法，"只有赶紧想法生产！"靠写剧本、写文章、当演员、教授提琴等挣点收入。有时候，还不得不向公司或朋友借钱用。由于聂耳对戏剧电影表演的兴趣和才能，他曾先后在不少影片中扮演了不同的角色，如账房先生、医生、小提琴手、小商贩、矿工、船夫等各种群众角色。

　　1933年夏天，联华影业公司一厂拍摄影片《母性

奏响中华最强音

之光》。聂耳除了担任场记外，还为该片创作了一首电影插曲《开矿歌》（田汉作词），这是聂耳写的第一首电影歌曲，表现了矿工的苦难和反抗：我们在流血汗，人家在兜风凉；我们在饿肚皮，人家在餍膏浆；我们终年看不见太阳，人家还嫌水银灯不够亮。……我们大家的心，要像一道板墙；我们大家的手，要像百炼的钢。……我们造出来的幸福，我们大家来享！聂耳创作的这首电影歌曲，得到了专家和群众的高度评价："这里，唱出了阶级的矛盾，也唱出了工人的团结和他们的革命向往。聂耳以蓬勃的朝气，激扬的旋律，出色地表达了工人阶级的精神气质。在影片中，歌曲配合着南洋矿工的劳动画面，给人留下了深刻的印象。《开矿歌》开创了我国30年代革命电影歌曲的先声。"

联华影业公司当时规定，公司职员除了担负自己的本职工作外，还要根据需要，随时准备担任各种群众角色。电影《母性之光》中有一个黑矿工的群众角色，化装时必须用颜料把全身涂黑。这样一个苦差事，当时没有一个人肯干。聂耳主动承担了这个角色，并以严肃认真的态度和出色的表演，成功地塑造了这个工人阶级的银幕形象。拍摄结束后，许多人都向他表示祝贺。

拍摄电影《渔光曲》时，导演蔡楚生因故不得不

临时请聂耳饰演一个在海难中幸存的渔夫，聂耳毫不犹豫地答应了。他虽然没有什么准备，却演得真切实在，十分投入，使得全剧组很顺利地完成了这场戏的拍摄工作。这时，聂耳不幸病倒了，扁桃体发炎，体温高达40度，饮食难进。更不幸的是，他们拍摄的电影胶片冲洗出来后，发现聂耳所演的那段戏的底片很不清楚。大家考虑到聂耳当时的身体状况，都主张不去补拍了。但当聂耳得知这一情况后，却坚持非补拍不可，甚至从床上爬起来又跳又唱，以表示自己"没病"，大家怎么劝也无济于事。于是，第二天大家只好担着一份心，到海边补拍聂耳的戏。聂耳在烈日下汗流浃背地坚持工作了近4个小时。为了不让大家替他担心，他丝毫没有流露出疲惫和痛苦的神色。但当工作圆满完成时，他已劳累不堪，病情更加严重了。聂耳对工作高度负责和吃苦耐劳的敬业精神，给人们留下了极其深刻的印象。除去《母性之光》和《渔光曲》两部片子外，聂耳还在歌剧《扬子江暴风雨》中扮演了打砖工人老王，在影片《小玩意》中扮演了卖油炸臭豆腐的小商贩，并在电影《城市之夜》和《体育皇后》中扮演过不同的角色。在音乐创作上，这一时期聂耳除了为电影《母性之光》写了插曲《开矿歌》外，还为话剧《饥饿线》写了插曲《饥寒交迫之歌》（董每戡作词）、为电影《渔光曲》配乐等。他还为女报童"小毛头"写了歌曲《卖报歌》（安娥作词），后来又写了《卖报之声》。

1922年6月15日苏州盘门一户杨姓人家生下了一个女婴，她就是后来的"小毛头"。杨家生育了6个子女，只活了两个女孩。"小毛头"是小女儿，她7岁时父亲病故，1931年"小毛头"跟随母亲、姐姐和姐夫逃难到上海，先住在闸北。"一·二八"淞沪抗战，日军轰炸闸北，全家再逃到租界内，住在法租界八仙桥附近，后来又搬到吕班路顾家弄顾家宅（今重庆南路26弄内）。在旧时上海滩的马路和街上到处可听到"卖报！卖报！"的叫卖声。为了吃饭，"小毛头"的姐夫把一件皮大衣卖掉再凑点钞票做本钱，去批来报纸，由母亲和姐姐到吕班路霞飞路口（今淮海中路）摆了个报摊。"小毛头"也跟着卖报。1933年冬的一段时间里，在上海的霞飞路上，聂耳经常看见那个拖着两条黑辫子，长着一对大眼睛的"小毛头"，每逢电车到站，她就挤在下车的人群中，挥动着冻红的小手大声喊着"卖报、卖报"。她那稚气可爱的样子和有几分凄楚的声音，深深打动了聂耳。有一天"小毛头"饿得头昏眼花，摇摇晃晃的时候，一辆电车靠站，一批人从电车上涌下来，"小毛头"被撞倒在地，头上起了血泡，手上的报纸散乱一地，"小毛头"坐在地上大哭起来，这时一个陌生的叔叔帮她拾起了报纸，还扶她起来，把弄脏的报纸都买走了：这人就是聂耳。聂耳回到住处，心情久久难以平静，他一口气为"小毛头"创作了一首《卖报歌》："啦啦啦！啦啦啦！我是卖报的小行家，不等天明去等派报，一面走，一面叫，今天的新闻真正好，七个铜板就买两份报。……大风大雨里满街跑，走不好，滑一跤，满身的泥水惹人笑，饥饿寒冷只有我知道。……痛苦的生活向谁告，总有一天光明会来到。"不久卖报歌传唱至大街小巷。

"1934年是我的音乐年"。聂耳以自己在音乐创作上的辛勤劳动实现了他在年初的预言。1934年4月1

奏响中华最强音——人民音乐家聂耳

日，聂耳在上海左翼文艺组织的帮助下，正式进入了英国人经营的"东方百代唱片公司"音乐部，协助任光、安娥担任收音、教授唱歌、抄谱、作曲等工作。后来又升任该厂的音乐部副主任（任光为主任）。尽管当时反动政府对报纸、杂志、电影实行着严格的审查与控制，但由于百代唱片公司是外国人办的，他们也不便进行干涉。而外国老板的原则是只要赚钱就行，其他事很少过问。聂耳他们利用这一方便条件，在发行电影歌曲、流行歌曲的同时，也发行了大量革命歌曲，仅聂耳的歌曲就有二十余首灌制了唱片。民间器乐曲《金蛇狂舞》《翠湖春晓》《山国情侣》《昭君和蕃》等，都是由聂耳根据民间乐曲改编后灌制成唱片的。这是聂耳对继承和发展我国民族民间音乐做出的一项贡献。在百代公司，聂耳还组织了一个"森森国乐队"，虽然只有5个人，但也公开演奏，很受欢迎。6月30日，左翼剧联

在上海演出了由田汉编剧的新歌剧《扬子江暴风雨》。聂耳为这部歌剧创作了歌曲《码头工人》歌（百灵作词）、《打砖歌》（蒲风词）、《打桩歌》（蒲风词）和《苦力歌》（田汉作词，后改名为《前进歌》）。

聂耳创作《码头工人》歌时，经常到上海的码头去观察与体验码头工人的生活，与工人一起谈心，一起劳动，一起哼着劳动的号子。早在"云丰申庄"时，商号就位于黄浦江码头旁。聂耳从早到晚都能听到码头工人在搬运沉重的货物时，所唱的雄壮有力的劳动号子。他曾因此而写道："一个群众吼声震荡着我的心灵，它是苦力们的呻吟、怒吼！我预备以此动机作一曲。"如今，聂耳亲眼看到码头工人们一边喊着"哎伊哟嗬"的号子，一边汗流浃背地背着大麻包，扛着木箱子艰难地前行。聂耳把自己亲身感受到的码头工人的呼喊声融汇到新创作的歌曲里，谱写出了反映工人阶级心声的旋律。聂耳在百代公司组织的"森森国乐队"以演奏中国民族民间音乐为主，英国老板对此不很满意，提出要扩充并转为以搞西洋音乐为主。另外，聂耳他们所录制的进步歌曲，在群众中起到了抵制庸俗音乐泛滥的作用。聂耳的这些活动，却遭到了百代唱片公司老板的非难。1934年，党直接领导下的电通影片公司成立了。电通公司拍摄的第一部影片是《桃

奏响中华最强音
——人民音乐家聂耳

李劫》，著名的
《毕业歌》（田汉作
词），就是聂耳为
这部电影创作的主
题歌。电影《桃李
劫》讲述了这样一
个故事：建筑工艺
学校的高才生陶建
平，毕业后满怀着
为社会、为大众服
务的决心，来到了

某轮船公司工作。由于他正直、坦诚，坚持原则，极
力反对为了经济利益而让轮船超载的作法，因此与公
司经理发生冲突而丢掉了职业。为了维持生活，他的
妻子只好出去找工作。这时，陶建平的同学给他谋到
了一个建筑师的位置，但不久他又发现了厂主偷工减
料而不顾公众生命安全的可恶行径。正义的火，又在
他的心里燃烧起来，他找厂主提出抗议，回答他的是
几句侮辱的语言和一记耳光。他又失业了。为了生活，
他到造船厂去做苦工。妻子病重，他没有钱为她治病
只好偷了厂里几块钱，但妻子还是死了。陶建平含泪
将自己的孩子送到了育婴堂。当他回来时，警察和厂

里的会计已经等在他家里，他被判了死刑。一个风华正茂的有为青年，就这样被黑暗的社会毁灭了。《毕业歌》是一群充满激情，对未来充满美好憧憬的建筑工艺学校的学生们，在毕业典礼上高唱的歌：同学们，大家起来，担负起天下的兴亡！听吧！满耳是大众的嗟伤，看吧！一年年国土的沦丧！我们是要选择"战"还是"降"？我们要做主人去拼死在疆场，我们不愿作奴隶而青云直上！我们今天是桃李芬芳，明天是社会的栋梁；我们今天是弦歌在一堂，明天要掀起民族自救的巨浪！巨浪！巨浪！不断地增长！同学们！同学们！快拿出力量，担负起天下的兴亡！歌曲热情洋溢、激昂嘹亮，不仅揭示了当时的民族矛盾和危机，也提出了青年参加民族生存斗争的使命。从此，《毕业歌》作为抗日救亡的著名歌曲，传遍了长城内外，大江南北，尤其在广大青年学生中，引起了强烈的反响和巨大的共鸣！他们在进行抗日宣传时唱着它，在投笔从戎时唱着它，在浩浩荡荡的游行队伍中唱着它，在抗日杀敌的战场上也唱着它！

在党的领导下，左翼电影工作取得了很大的成绩，沉重地打击了国民党反动派的文化"围剿"，敌人恼羞成怒。1933年11月12日，国民党的法西斯组织"蓝衣社"的特务们，在上海当局的指使下，砸毁了曾经拍摄过进步影片的艺华影业公司。同时发出通告，禁止各影业公司及电影院拍摄和上映进步影片。聂耳在联华影业公司老板的眼里，早被视为"左倾"分子。1934年1月24日，公司老板以请聂耳"休养身体"为借口，将他辞退了。聂耳再次陷入失业的困难境地。1934年2月间，有人邀请他去参加江西南昌"中央怒潮剧社"的管弦乐队。由于当时他正处于失业状态，生活没有着落，那边所提供的待遇又比较优厚，于是聂耳就接受了这一邀请。但当党组织了解到该剧社与反动政府有着密切联系因而劝聂耳放弃此行时，聂耳立即毅然决然地听从了党组织的安排。他在2月24日的日记中这样写道："景光约我到南昌'怒潮'去，已经答应了又打了回票，原因是不应当去！"

1934年秋，聂耳承担了为影片《大路》配乐的工作，创作了著名的《大路歌》（孙瑜作词）和《开路先锋》（孙师毅作词）两首歌曲。孙瑜编导的电影《大路》，塑造了青年筑路工人的群像：自幼就做苦力的金哥、沉

影片《大路》剧照

默刚毅的老张、粗莽笨拙的章大、古灵精怪的韩小六子、梦想着有一天能驾驶压路车的小罗和离别东北家乡到处流浪的青年大学生郑君。他们在一起生活、劳动，从不叹息失望。他们在都市里找不到工作，就到内地各处去修筑公路。在烈日下，他们挥着汗，挽着绳，拉起铁磙，高唱着郑君编写的《大路歌》："哼呀咳嗬咳！咳嗬咳！哼呀嗬咳吭！嗬咳吭！大家一起流血汗！嗬嗬咳！为了活命！哪管日晒筋骨酸。嗬咳吭！合力拉绳莫偷懒，嗬嗬咳！团结一心，不怕铁磙重如山。嗬咳吭！大家努力！一齐向前！压平路上的崎岖，碾碎前面的艰难！我们好比上火线，没有退后只向前！大家努力！一齐作战！大家努力！一齐作战！背起重担朝前走，自由大路快筑完。……"那时修筑公路，根本没有什么压路车，巨大的铁磙，全靠人力来拉，这是一项极其艰苦繁重的劳动。聂耳在创作《大路歌》的过程中，曾到上海江湾的筑路工地与工人们一起拉铁磙，切身体验他们的劳动生活，努力写出工人们艰辛的生活，内心的感受和一往无前的英雄气概。这首歌曲，也表现了中国的筑路工人抗日反帝的鲜明主题。

《开路先锋》是影片《大路歌》的序曲。聂耳创作这首歌时，已迁至虹口区，租一间楼上的房子，楼下住着房东。为了抓住进行曲的节奏，他连续几个晚上在房

奏响中华最强音

间的地板上踏着步子走来走去，嘴里哼着歌曲的旋律，而且不断地重复着歌曲一开始的"轰！轰！轰！哈哈哈……"的笑声，一直折腾到深夜。好几次把房东吵醒了找他提意见，聂耳总是满怀歉意地说："等我作好了这曲子，再向你赔罪。"经过几天日以继日的苦战，《开路先锋》的曲子终于创作出来了。当他诚心诚意地去向房东赔罪道歉时，房东看他那质朴可爱的样子，再次谅解了他。

1935年元旦，上海的工人阶级和广大的民众，看到了新片《大路》，听到了《大路歌》和《开路先锋》两首工人阶级的战歌，它们以豪迈的歌词和昂扬的旋律，很好地表现了工人阶级团结奋进的坚强意志。"我们是开路先锋，不怕你关山千万重！几千年的化石，积成了地面的山峰。是谁，障碍了我们的进路，障碍重重？大家莫叹'行路难'，叹息无用，无用！我们，我们要，要引发地下埋藏的炸药，对准了它轰！看岭塌山崩，天翻地动！炸倒了山峰，大路好开工。挺起了心胸，团结不要松！我们是开路先锋！"1935年1月，聂耳重新进入联华影业公司，担任二厂的音乐部主任，同时为影片《新女性》创作了《新女性》（孙师毅作词）组歌。影片《新女性》由孙师毅编剧，蔡楚生导演。女主角韦明由当时的电影红星、深受观众喜爱的阮玲玉扮演。《新女性》通过韦明的悲惨身世，深刻地揭示了旧中国女性被压迫、被侮辱的命运。通过影片，人们看到了当时社会一幅杀害妇女的血淋淋的图画：封建势力的束缚，资产阶级纨绔子弟的玩弄，阔少爷们的污辱，失业贫病的折磨，暗娼经纪人的寡廉鲜耻，书店老板的唯利是图，黄色小报的造谣勒索……影片控诉了旧社会的罪恶，对主人公的不幸遭遇寄予了极大的同情，同时也指出了她性格软弱的一面。与韦明相对照，编导们刻画了一个有觉悟的先进女工李阿英的形象，通过她，给人们指出了妇女解放的正确道路。为了创作《新女性》组歌，聂耳多次踏着晨霜夜露，长途步行到沪西的纱厂去观察体验女工们的劳动生活；深入女工的家里，倾听她们的呼声，了解她们的疾苦，学习她们的语言。《新女性》组歌有6首歌曲：《回声歌》《天天歌》《一天12点钟》《四不歌》《奴隶的起来》《新的女性》。为了在这部影片的首映式上演唱好《新女性》组歌，聂耳专门组织起一个群众性的业余歌咏团体"联华声乐团"，从考试录取，到辅导指挥，几乎全由聂耳一人负责。这一年的除夕夜，聂耳亲自指挥身穿女工服的"联华声乐团"的姐妹们，公开演唱了《新女性》组歌。……新的女性，要和男子们一同。翻卷起时代的暴风！暴风！我们要将它唤

醒民族的迷梦！暴风！我们要将它造成女性的光荣！
不做奴隶，天下为公，无分男女，世界大同！新的女
性勇敢向前冲！台下响起了经久不息的热烈的掌声。
许多女工观众热泪纵横，她们衷心地感谢聂耳为她们
创作出了这样好的歌曲，感谢党领导下的左翼音乐工
作者唱出了亿万民众的心声！除《新女性》组歌外，
聂耳还创作了一系列以女性为主题的歌曲，主要有
《梅娘曲》（田汉作词）、《塞外村女》（唐纳作词）、《采
菱歌》（田汉作词）、《铁蹄下的歌女》（许幸之作词）、
《飞花歌》、《牧羊女》（皆为孙师毅作词）、《一个女明
星》（安娥作词）等影、剧插曲，以及《春日谣》（鲁
戈作词）、《茶山情歌》等群众歌曲。这一时期，聂耳

也创作了部分儿童歌曲，如前面所讲的《卖报歌》、《卖报之声》（武蒂作词）、《雪花飞》（柳倩作词）、《小野猫》（陈伯吹作词）等。当代著名音乐家贺绿汀说：1934年至1935年"这一段时间是聂耳生命力最旺盛的时期。他充满着青春的活力，创作了许多革命歌曲，显示了一个真正的无产阶级革命战士的风貌。"

1935年3月，党领导的电通影业公司决定拍摄《风云儿女》。听说影片中有个主题歌需要作曲，聂耳便主动跑到当时负责上海文艺领导工作的夏衍同志那里去"抢工作"。夏衍回忆说，1932年到1935年这短短3年中，"他不止一次地同我说：'有哪部电影要作曲？我在抢工作。'""我给他看了电影剧本（《风云儿女》），这个剧本的故事是他早已知道的，所以一拿到手就找最后的那一首歌，他念了两遍，很快地说：'作曲交给我，我干！'等不及我开口，他已经伸出手来和我握手了。'我干！交给我。'他重复了一遍，'田先生（词作者田

《风云儿女》剧照

汉）一定会同意的。'"电影《风云儿女》由田汉、夏衍编剧，许幸之导演，吴印咸摄影。影片中，青年诗人辛白华和大

影片《铁蹄下的歌女》剧照

学生梁质甫是极要好的朋友。"九一八"后，他们从东北流亡到上海。他们的邻居，是一个叫阿凤的穷苦姑娘和她的母亲，辛白华和梁质甫经常给她们母女以帮助。不久，梁被捕入狱，辛白华在仓促逃避中认识了一个有钱人家的寡妇，他们在一块儿过上了悠闲自在的日子。阿凤在母亲死后，参加了歌舞班到各地演出。梁质甫出狱后就北上抗日去了。青岛，阿凤与辛白华相逢，阿凤在歌舞班演唱的《铁蹄下的歌女》及好友梁质甫在古北口抗敌前线英勇牺牲的消息，终于使辛白华毅然舍弃了那桃花园源的安逸生活，走上抗敌的最前线，他和战友们一起高唱着《义勇军进行曲》，投入华北的民族解放战争的炮火中。在筹拍这部影片时，著名剧作家田汉、阳翰笙等人已被国民党当局逮捕入

铁蹄下的歌女

1=F 4/4
行板

许幸之 词
聂耳曲

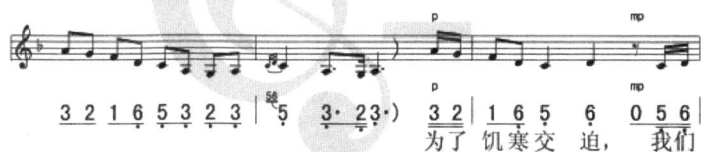

奏响中华最强音

狱。周扬和夏衍等仍在上海坚持文艺领导工作。1935年初，夏衍参观了许幸之和吴印咸联合举办的绘画、摄影展览之后，建议许幸之接受电影《风云儿女》的拍摄任务。许幸之回忆道："夏衍同志把拍片任务分配给我的同时，把作曲任务分配给了聂耳。聂耳主动来找我，热情地对我说：'把作曲任务交给我吧！我保证好好完成！'这虽然是我们第一次见面，他那主动要求工作的作风，那种热情、坦率而又诚恳的年轻音乐家的气质，给我留下了很深的印象，使我感到他仿佛是一团火，在我面前燃烧着，连我自己的心也被他点燃起来。因此，我们初次见面，便一见如故地谈笑风生了。"在创作中，聂耳告诉许幸之："为创作《义勇军进行曲》，我几乎废寝忘食，夜以继日，一会儿在桌子上打拍子，房东以为我发了疯，跑到楼上来大骂了我一顿。末了，我只有向她道歉了事。""没有把你赶走，或者把你送进疯人医院去，总算便宜你了。"许幸之笑着说。4月里，在通宵拍片后的一天清晨，许幸之还在睡梦中，听到重重的敲门声，开门一看，是聂耳。他一跨进门，就举起乐谱兴高采烈地说："好啦！老兄！《义勇军进行曲》谱好了。"聂耳一手拿乐谱，一手在桌子上打着拍子，大声唱了起来：起来，不愿做奴隶的人们！把我们的血肉，筑成我们新的长城！中华民族到了最危险的时候，每个人被迫着发出最后的吼声。起来！起来！起来！我们万众一心，冒着敌人的飞机大炮前进，前进，前进，前进！那激昂豪迈的旋律，深深地打动了许幸之的心。聂耳和许幸之研究、商量了一阵，征求了他的一些意见。最后，聂耳将歌曲末尾处，田汉所作词的原文"我们万众一心，冒着敌人的飞机大炮前进，前进，前进，前进！"改为："我们万众一心，冒着敌人的炮火，前进！前进！前进！进！"这是一份初稿，聂耳到了日本后不久，即把修改后的定稿寄回了国内。对此，田汉在《影事追怀录》一文中说：《义勇军进行曲》跟后来唱的略有出入，显然是作曲者加了工。……记得原是要把这主题歌写得很长的，却因没有时间，写完就丢下了，我也随即被捕了。感谢聂耳同志的作曲把这短短的几句话处理得非常豪壮明快和坚决有力。他的曲子充满着饱满的政治热情，在全国人民忍无可忍，迫切要求反帝抗日的时候，这几个简单的音节恰恰表达了千万人的心声。《义勇军进行曲》在银幕上首次响起时，不幸正逢聂耳去世，但这支歌作为民族革命的号角响彻了中华大地，还享誉全球。在反法西斯战争中，英、美、印等许多国家电台经常播放此歌。战争结束前夕，美国国务院还批准将其列入《盟军胜利凯旋之歌》中。新中国成立前夕征集国歌时，周恩来就提出用这首歌，并在新政协会上一致通过。1949年9月，在中国人民政治协商会议第一次全体会议上，讨论了即将成立的中华人民共和国的国歌问题。周恩来同志首先提议采用《义勇军进行曲》，许多人也认为它铿锵有力和庄严昂扬的旋律，它在民族危亡时期所起的号召人民奋起抗争的历史作用，都是其他歌曲所不可比拟的。作为新中国的国歌，它是当之无愧的。毛泽东同志指出：我们今后仍然要继续为争取独立、谋求解放进行艰苦卓绝的斗争，人民还需要号召和鼓舞，只有这首歌曲能达到这样的目的。为了让人们能够不忘过去、能够更好地团结起来建设新中国，会议于1949年9月27日作出决议：将《义勇军进行曲》作为中华人民共和国代国歌。

在1949年的开国大典和此后每年的国庆节，聂耳谱出的乐章都雄壮地奏响，这足以告慰亡逝于异国的英灵。1978年2月底，第五届全国人民代表大会第一次全体会议讨论认为，《义勇军进行曲》一直是作为代国歌的，会议决定为这首曲子填

入新词作为正式国歌。以集体创作的名义填入的新词是这样的：前进！各民族英雄的人民，伟大的共产党领导我们新的长征。万众一心奔向共产主义明天，建设祖国、保卫祖国英勇地斗争！起来！起来！起来！我们千秋万代高举毛泽东旗帜，前进！高举毛泽东旗帜前进！前进！前进！进！1982年12月4日经第五届全国人民代表大会第五次会议讨论，认为田汉作词、聂耳作曲的《义勇军进行曲》反映的是民族灾难深重时期，唤醒人民奋起抗争的真实历史。居安应该思危，为了使人民不忘过去、不忘历史，更好地完成建设祖国的大业，应恢复使用《义勇军进行曲》原词、原曲。会议决定：以田汉作词、聂耳作曲的《义勇军进行曲》为《中华人民共和国国歌》。

前后4个月的时间，聂耳就为2部话剧、4部电影写了17首主题歌或插曲，而且几乎每首歌曲都有个性、特色，都受到广大群众的欢迎和经受了历史的考验，这在我国音乐发展史上是罕见的，标志着聂耳在艺术创作方面已经成熟！在他音乐创作十分繁忙、作品不断取得成功和在文艺界获得较高的声望的时刻他还在孜孜不倦地学习，通过贺绿汀的介绍，向国立音专的俄籍教授欧萨柯夫（Aksakoff）学习钢琴和作曲理论。

永生的号角

1935年"遵义会议"后,中国工农红军改变了退却、挨打的被动局面,不断战胜蒋介石在军事方面的"围、追、堵、截",胜利地向着陕北根据地进军,这时,国统区的左翼文艺运动也经过与反动文化逆流针锋相对的斗争,走向新的高潮;同时,群众性的救亡抗日运动也有新的发展。在新的形势下,反动政府采用了公开镇压的手段来维持自己的统治地位。1935年2月19日,中共江苏省委和左翼文化总同盟先后被破坏,丁玲、田汉、阳翰笙、赵铭彝等左翼文艺家相继被捕。由于聂耳充满战斗激情的歌曲及蓬勃高涨的抗日救亡歌咏活动,引起了国民党反动派的恐惧和仇恨。4月1日,传来了聂耳也有被捕危险的消息。要在反动派动手之前设法逃离,唯一可靠的办法就是暂时跑到国外去。党组织为了保护奋发有为、赤胆忠心的聂耳,同时考虑到他渴望得到进一步深造的要求,决定让他出国去日本,然后去苏联和欧洲其他国家学习、考察。

于是,聂耳借口到日本与三哥一起做生意(他三哥早已离日返昆明),1935年4月15日,聂耳登上了日本轮船"长崎丸"。4月16日到达日本长崎。17日又到了神户，后从大阪乘车于4月18日抵东京。

出国前，聂耳就制定了在日学习考察的4个"3月计划"：第一个"3月计划"重点是突破语言关，同时进行大量的社会调查，结识日本文化界的进步人士，加强与本国左翼留日学生的联系，为开拓无产阶级的文艺阵地而努力。第二个"3月计划"是在坚持各项活动的同时，努力提高读书能力，加紧音乐技术修养，直到离开日本。第三个"3月计划"是开始翻译练习和进行音乐创作实践。第四个"3月计划"是开始学习俄文，整理已创作的作品，为学习考察提供了方便。聂耳初到日本时，白天忙于听课，从事各种社会活动，晚上抓紧时间进行《义勇军进行曲》和《新女性》组曲的修改定稿工作。5月初，他把《义勇军进行曲》的定稿寄回了国内。在日本的初期，聂耳除了设法补习日语外，进行了许多有关日本文艺活动的观摩、考察活动。他曾多次去观赏歌剧、话剧、舞剧及音乐会的演出，还参观了不少剧场和电影制片厂。他曾把自己的观感给国内发行的电影音乐刊物《艺声》写了《日本影坛一角》《法国影坛》《苏联影坛》等报道。6月20日，他曾应中国留日学生及左翼文化人士之邀，出席中国留日学生第五次"艺术聚餐会"，做了一次题为《最近中国音乐界的总检讨》的讲演；6月16日他又应邀出席了中日诗人的"诗歌座谈会"。

1935年6月2日，聂耳出席了在东京中华青年会馆举行的第五次留日学生艺术聚餐会，应邀做了题为《最近中国音乐界的总检讨》的讲演，历时两个多小时。他还演唱了《大路歌》《开路先锋》《码头工人》和《义勇军进行曲》。他的演说和演唱，深深打动了聚会上的中国留学生，他们说，聂耳不仅是一个进步的音乐家，还是一个演说家和社会活动家。在短短的时间里，聂耳结识了秋田雨雀、滨田实弘等日本文学艺术界的进步人士，通过他们与新协剧团、新筑地剧团等文艺团体建立了联系，观看了他们的排练和演出。为了更直接地了解日本剧团的演出情况，聂耳应邀参

加了新协剧团去大阪、神户、京都等地的旅行公演。为此，他没有和绝大部分中国留学生一起去房州海滨避暑度假，而是通过新协剧团照明部主任李相南这位朝鲜友人的介绍，到了神奈川县藤泽市鹄沼海滨去洗海水浴，还准备登临富士山，然后赶到大阪与新协剧团的大队人马会合，参加演出。聂耳和李相南到藤泽市后，住在日本友人家里，他们几乎每天都去鹄沼海滨游泳。

7月16日，是聂耳第一个"3月计划"完成的日子。他在日记中写道："日语会话和看书能力的确是进步了，听了很多音乐演出，练小提琴的时间也比在国内多，提前实现了第一个'3月计划'。"正当聂耳满怀信心地准备进入第二个"3月计划"的时候，不幸的事情发生了。1935年7月17日，聂耳和朝鲜朋友李相南等4人一同去鹄沼海滨游泳，汹涌的海浪无情地夺去了聂耳年轻的生命。中国无产阶级音乐的先驱，天才的人民音乐家聂耳，逝世时年仅23岁。噩耗传来，全国人民表示了极大的悲痛和哀悼。聂耳溺水身亡的1935年，正是日本逐步实行侵略中国计划之际。聂耳的死讯传回中国国内后，众多爱国人士和文化界人士，都为失去这样一位音乐天才而深感痛惜，纷纷在《晨报》《电通》《中华日报》《新音乐月刊》《大公报》等

数十种报刊撰文纪念，共同怀念这位在中华民族最危险的时候，吹响了警醒号角的先锋斗士。8月16日，上海各界人士举行隆重的追悼大会，很多群众都自发地参加了悼念活动。人们唱着《义勇军进行曲》，以此来追思这位年轻的音乐家。郭沫若在悼念聂耳的诗中写道："大众都爱你的新声，大众正赖你去唤醒。……聂耳呀，我们的乐手，你永在大众中高奏，我们在战取着明天，作为你音乐报酬！"

1935年8月底，聂耳的骨灰和遗物由同乡好友张鹤（张天虚）、郑子平护送回上海。1936年由聂耳的三哥聂叙伦迎取回乡。1937年10月1日安葬在昆明西郊面对滇池的西山森林公园碧鸡山旁。新中国成立后的1954年，中共云南省人民政府决定重修聂耳墓地，请郭沫若题写墓碑和墓志铭。这年2月，郭沫若书题

"人民音乐家聂耳之墓"碑和墓志铭："聂耳同志，中国革命之号角，人民解放之声鼙鼓也。其所谱《义勇军进行曲》，已被选为代用国歌，闻其声者，莫不油然而兴爱国之思，庄严而宏志士之气，毅然而同趣于共同之鹄的。聂耳呼，巍巍然，其与国族并寿，而永垂不朽呼！聂耳同志，中国共产党党员也，一九一二年二月十四日生于风光明媚之昆明，一九三五年七月十七日溺死于日本鹄沼之海滨，享年仅二十有三。不幸而死于敌国，为憾无极。其何以致溺之由，至今犹未能明焉！"在郭沫若题写墓志铭的9个月后的11月1日，日本人在藤泽市鹄沼海岸聂耳遇难地附近，建立了聂耳纪念碑。1963年，随着中日民间的贸易往来，

聂耳塑像

藤泽市人民组建了聂耳纪
念碑保存会。1965年重建
了被海啸冲毁的聂耳纪念
碑，并规定每年的7月17
日为"聂耳祭"的日子。
日本戏剧家秋田雨雀先生
撰写介绍聂耳生平碑文，
并请郭沫若题写纪念碑。
郭沫若书题了"聂耳终焉
之地"六个大字。1972年，
中日建交。1980年5月，
聂耳殉难地的日本藤泽市

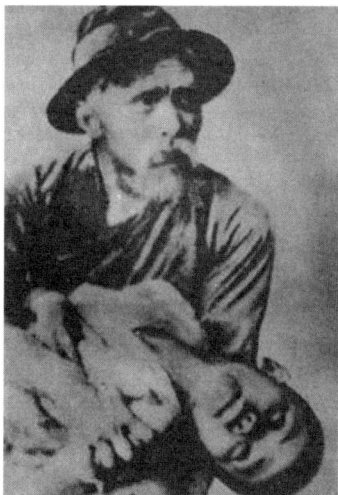

田汉编剧、聂耳作曲的
歌剧《扬子江暴风雨》，
1931年6月首次上演，聂耳
在剧中饰演主角老王

官员在昆明市聂耳墓地手植云南名花杜鹃花和藤泽市
市树——藤树，表达对聂耳的怀念之情，并希望两市
以聂耳为纽带，建立友好城市。中共云南省和昆明市
政府回应日本人的热情，决定迁葬、重建聂耳墓地。
墓碑仍用郭沫若所题字。1964年5月1日，朱德同志为
聂耳亲笔题词"人民的音乐家"。1985年，胡耀邦同志
也为聂耳题词"人民音乐家聂耳"。在纪念聂耳逝世3
周年之际，《新华日报》载文道："聂耳先生的歌曲能
够有百万人传颂至今而不厌，决不是偶然的事。那就
是倘若聂耳先生的歌不能代表中华民族的吼声，不能

郭沫若同志1964年为聂耳题词

代表千百万被压迫者反抗的呼声，那么他的歌早已就无人过问了。——因为聂耳先生已认清了并且把握住音乐的政治性与战斗性，而同时更能从工作的实践中去体验被压迫大众、被压迫民族的呼声，且将那些无数的呼喊，通过了他的政治头脑与艺术手腕，组成一种巨雷似的音响。"夏衍先生在聂耳逝世20周年的纪念文章《永生的海燕》中写道："他真像暴风雨前的一只海燕，骤然而来，倏然而去，从1932年到1935年这短短的三四年中，用他豪迈明快、充满信心的歌声，对亿万受难的中国人民，表达了他对革命暴风雨的预感。""……聂耳的精神，聂耳创作的歌声，已经肯定地永生不朽了。"

六十多年后，新世纪的第一个新春，中国广播民族乐团在奥地利的维也纳"金色大厅"演出。当地许

奏响中华最强音
——人民音乐家聂耳

多社会名流盛装莅临。音乐厅的气氛出乎意料地好，每一曲终了总有热烈的掌声。聂耳在"百代时期"编创的《金蛇狂舞》起奏。大厅里静极了，丰沛的个性化的旋律流淌在多瑙河畔。突然，震耳的掌声提前响起。一时间，令人百感交集，想到很多，包括聂耳。这次音乐会上还演奏了聂耳在"百代"期间主持改编的另一首新民乐《翠湖春晓》，同样以那充满民族个性色彩的优美打动了异域的听众。今天，《金蛇狂舞》和《翠湖春晓》已被国际音乐界视为中国民乐的经典作品，灵魂早已升入天国的聂耳，你有什么新的感想么？聂耳在他的一篇中学作文《我之人生观》中这样写道：如果有可能，他不会从事宗教、哲学和科学的行当。他的理想是先上大学，然后出外游历，最好是出国，行路读书，增长见识，学术上有所建树。最后挣几个钱，与几个谈得来的朋友，找一处山清水秀的地方，读书，弹琴，度悠闲时光。他还特意表示，昆明的西山将是自己隐逸的首选。虽然未能如愿，但是聂耳却为自己的人生画出了浓墨重彩的画卷。

苏联文豪高尔基在《鹰之歌》一诗中写道：

即使你是死了，

但是在勇敢和坚毅人们的歌声中，

你永远是他们的灵魂，

是活的榜样，

是傲慢的号召，

向着自由前进，

向着光荣前进！

  聂耳，在中国人民伟大的文化事业中，在无产阶级新兴音乐的广阔天地里，他的确是一只雄健的鹰，高高飞翔的鹰，一只永远搏击长空的鹰。他是20世纪30年代中国乐坛的灵魂！是中国人民进行抗日救国伟大斗争的号角！是人民解放不屈斗争中的战鼓！是在中国左翼文化界音乐战线上向着敌人冲锋陷阵的一面

聂耳1932年为舞台剧伴奏

伟大的旗帜！而聂耳的作品，则不仅唱出了大众的忧郁，而且唱出了大众的债怒、大众的斗争和希望，唱出了时代的最强音，就因为他是同大众同呼吸、共命运，战斗在一起的，他走出了一条"时代的大路"。

英年早逝的聂耳，一生创作了35首歌曲和4首民族器乐曲。由于过分短促的生命和艺术经历，使聂耳来不及掌握更多更高的音乐创作手段，也来不及在更广的题材和体裁领域施展自己的创作才能。但他用自己生命的激情和无比的热忱，所谱就的旋律唱出了时代最强音，已越过了银幕和舞台的范畴，深深扎根于人民心中。他在这些作品中的真知灼见对中国的新音乐文化同人民革命与民族解放斗争的发展进程，有深远影响。半个世纪以来，聂耳的歌声无论在工厂、农村、学校、码头、战场，无论是祖国的四面八方、还是世界各国的进步人民中，都成为激励人们英勇斗争的最有力的战歌。聂耳所开创的中国革命音乐事业无疑取得了不朽的辉煌，他的人生匆匆却又永恒！中国的人民将唱着《义勇军进行曲》前进，再前进！

义勇军进行曲

影片《风云儿女》主题歌　　田　汉词
聂　耳曲

1＝G　2/4

进行曲速度　庄严

(1. 3 5 5 | 6 5 | 3. 1 5 5 5 | 3 1 | 5 5 5 5 5 5 |

1) 0 5 | 1. 1 | 1. 1 5 6 7 | 1 1 | 0 3 1 2 3 |
起来！不　愿　做奴隶的　人们！把我们的

5 5 | 3. 3 1. 3 | 5. 3 | 2 | 2 - | 6 5 |
血肉，筑　成我　们　新　的　长　城；　中华

2 3 | 5 3 0 5 | 3 2 3 1 | 3 0 | 5. 6 1 1 |
民　族　到了　最　危险的时　候，　每　个人被

3. 3 5 5 | 2 2 2 6 | 2. 5 | 1. 1 | 3. 3 |
迫　着发出　最后的吼　声。起　来！起　来！起

5 - | 1. 3 5 5 | 6 5 | 3. 1 5 5 5 | 3 0 1 0 |
来！我　们万众　一心，冒　着敌人的　炮　火，

5 1 | 3. 1 5 5 5 | 3 0 1 0 | 5 1 | 5 1 |
前进！冒　着敌人的　炮　火，　前进！前进

5 1 | 1 0 |
前　进！进！

奏响中华最强音
——人民音乐家聂耳

中华魂·百部爱国故事丛书
提　　要

《誓与禁烟相始终——民族英雄林则徐》

林则徐严禁鸦片，坚决抵抗西方列强的侵略，坚持维护国家主权和民族利益。他是中国近代历史上第一位睁眼看世界的人，是抗击帝国主义殖民侵略的第一人，是中华民族抵御外侮过程中伟大的民族英雄。

《血洒虎门御敌寇——抗英将军关天培》

民族英雄关天培，在第一次鸦片战争中为了抗击英国侵略者的入侵而血洒虎门，为国捐躯，谱写了一曲可歌可泣的英雄赞歌。关天培用他的生命，书写了中国人民反抗外侮的历史。

《威震镇海靖节魂——抗敌英雄裕谦》

在第一次鸦片战争期间的众多牺牲者中，有一位官阶最高，他就是两江总督裕谦。裕谦与外国侵略者斗争立场坚定，与国内妥协派、投降派斗争态度坚决。裕谦督战镇海，与英国侵略军浴血奋战，临危不惧，以身报国，浩气长存。

《斩邪留正解民悬——太平天国领袖洪秀全》

农民出身的洪秀全，从失意文人到起义领袖，经历了长期的思想演变过程，在外敌入侵、清朝政府腐朽的历史环境之下，顺应时代的潮流，成长为一位非凡的历史英雄人物，建立了与清朝政府相抗衡的农民政权——太平天国。

《仰承汉唐 荟萃中外——近代数学家李善兰》

李善兰是我国19世纪重要的科学家之一，在数学、天文学、力学等方面都有重大建树。他继承了我国古代数学的成就，又以极大的热情传播西方科学文化，"仰承汉唐，荟萃中外"，把自己的一生献给了科学事业。

《严谨治学 勇于探索——近代著名数学家华蘅芳》

华蘅芳，中国近代数学家之一。其精通中国古算学，并熟练掌握西方近代数学，是中国验证抛物线并著书立说的参与者。为了证明"外国有的，中国也能造"而鞠躬尽瘁，在引进西方科学技术、传播科学知识上贡献卓著。

《折冲樽俎护山河——近代著名外交家曾纪泽》

曾纪泽是中国近代史上著名的爱国外交家，在中俄伊犁交涉事件中，他秉承抵抗列强、保卫国家的坚定意志，利用外交手段全力同沙俄抗争，捍卫了国家主权、民族尊严，收回了祖国的领土，在近代中国外交史上留下了光辉的一页。

《甲午海战留英名——民族英雄邓世昌》

邓世昌，北洋水师名将。本书以邓世昌的成长过程为线索，以代表性的历史故事为主要内容，还原真实的历史事件，突出鲜明的人物性格。邓世昌因在中日甲午海战中突出的英雄气概而名垂史册，书写了伟大的爱国主义篇章。

《誓与舰队共存亡——北洋水师提督丁汝昌》

丁汝昌处在清朝政府的腐朽和李鸿章的专断下，难以施展爱国的抱负，壮志未酬，愤恨而终。但丁汝昌为建立近代海军作出的巨大贡献，带领北洋舰队爱国官兵勇抗强敌的英雄事迹，将永远为后代所传颂。

《镇南关上凯歌扬——抗法老英雄冯子材》

1885年中法战争中，年逾古稀的冯子材为抵御外国侵略，勇赴国难，大败法军于镇南关，并乘胜追击，接连收复文渊、谅山等地，从根本上扭转了中法战争的局面，成为近代民族英雄的杰出代表。

《屡败法军逞英豪——黑旗军将领刘永福》

刘永福是黑旗军的创建者，是农民出身的杰出军事家、政治活动家。在19世纪发生的援越抗法、中法战争中，他率部与帝国主义侵略者进行了殊死的战斗，建立了卓越的功勋，成为我国近代史上著名的民族英雄，为后世所景仰。

《矢志变法强国家——戊戌变法领袖康有为》

康有为是清末民初最有影响力的思想家之一。他领导了中国知识界的启蒙运动，掀起了一场自上而下的政体改革。他最早在中国提出了立宪政体和具体的宪政方案，主张在坚持儒家传统和帝制的前提下，学习西方经验，他的进步思想对近代中国具有深远的影响。

《开民智以报国　普新知而图强——戊戌变法思想家梁启超》

梁启超，中国近代史上著名的政治活动家、启蒙思想家、史学家、文学家，戊戌变法领袖之一。本书以百日维新思想家梁启超的成长过程为线索，以代表性的历史故事为主要内容，还原真实的历史事件，突出鲜明的人物性格。

《我自横刀向天笑——维新志士谭嗣同》

谭嗣同在民族危机的严重时刻，投身改革救中国的洪流。为了带给祖国一个光明的未来，紧要关头，他挺身而出，用自己的鲜血激励后人，把宝贵的生命献给了变法事业。

《睡乡敢遣警世钟——用生命警策国人的陈天华》

陈天华是民主革命的活动家和宣传家。他写的《猛回头》《警世钟》等书，起到了革命启蒙的重大作用。为了激发留日学生的爱国情怀，他不惜投海自杀，演出了近代史上感人至深的一幕，给后人留下了难忘的印象。

《革命军中马前卒——民主斗士邹容》

革命乃"至尊极高，独一无二，伟大绝伦之一目的"；它是"天演之公例，世界之公理，顺乎天而应乎人"的伟大行动。因此，必须"仗义群兴革命军"。他激情高呼："革命独子万岁！中华共和国万岁！"这就是《革命军》的作者，中国近代著名资产阶级革命宣传家邹容。

《休言女子非英物——鉴湖女侠秋瑾》

为民族解放和妇女解放而英勇斗争的秋瑾，冲破封建礼教的思想牢笼，打碎封建精神枷锁，崇仰真理，追求光明，主张共和，坚持男女平等，最终献出了自己年轻的生命。

《血溅校场 杀身成仁——民主斗士徐锡麟》

本书讲述了反清志士徐锡麟弃文从武、投身反清革命事业，最终被清政府杀害的故事。出于对国家的热爱，徐锡麟献出自己的生命，他的事迹将永远激励后人深切缅怀这位民主革命的先驱。

《生可死耳 我志长存——献身民主的禹之谟》

禹之谟，民主革命党人，同盟会会员，近代资产阶级革命家、实业家。1886年，20岁的禹之谟"提三尺剑，挟一卷书"游历四方，研究西方社会政治学说，忧国忧民之心日趋强烈。戊戌变法失败，他丢掉改良幻想，倡革命救亡之说，走上民主革命道路。

《物竞天择 适者生存——资产阶级启蒙思想家严复》

严复是中国近代著名的启蒙思想家、翻译家和教育家。他长期从事教育和翻译事业，为近代中国人才培养和思想启蒙做出了重要贡献，同时他也为中国的翻译事业和中西思想文化交流做出了重要贡献。

《辛亥革命急先锋——资产阶级革命家黄兴》

黄兴，清末民初资产阶级革命家，中华民国开国元勋。黄兴在武昌首义及辛亥革命时期的爱国表现，与孙中山闻名于当时，常被时人以"孙黄"并称。本书以资产阶级革命活动实干家黄兴的成长过程为线索，歌颂了先辈伟大的爱国主义精神。

《矢志革命 百折不回——近代民主革命家廖仲恺》

廖仲恺追随孙中山踏上了创立民国与捍卫共和制的旧民主主义革命

之路；在新民主主义革命时期，他为建立、巩固首次国共合作和实施三大政策，英勇奋斗，为国殉职，洒尽了一腔热血。

《将军拔剑南天起——护国英雄蔡锷》

蔡锷是中国近代史上的杰出军事家、爱国者。他的一生短暂而伟大。辛亥革命爆发，他毅然投身于革命洪流之中，领导云南重九起义，对武昌起义积极响应。袁世凯窃国复辟、恢复帝制的阴谋暴露出来以后，他又毅然举起了武装讨袁的旗帜。

《反帝反封建运动——五四青年的爱国故事》

五四运动是一次伟大的反帝反封建的爱国运动；是一个伟大的历史转折点；是中国人民的斗争从挫折走向胜利的一个关节点，它为中国的前进开辟了一条全新的道路，拉开了中国新民主主义革命的序幕。

《思想自由　兼容并包——著名教育家蔡元培》

蔡元培是中国近现代著名的民主革命家和教育家，一生经历风雨，却始终信守爱国和民主的政治理念，致力于废除封建主义的教育制度，奠定了我国新式教育制度的基础，为我国教育、文化、科学事业的发展做出了富有开创性的贡献。

《为国家争光　为民族争气——中国铁路之父詹天佑》

詹天佑是我国最早的杰出铁道工程师，因主持建造京张铁路而闻名中外，被誉为"中国铁路之父"。他为祖国的铁路事业贡献了毕生的精力。本书向读者展示了詹天佑热爱祖国、科技兴国的辉煌人生。

《实业救国　衣被天下——轻工之父张謇》

张謇是爱国实业家、教育家。他年轻时中过状元。过了40岁，开始投身工商实业活动中，他的名言是"富民强国之本在于工"。在南通，创办大生丝厂、银行等各种实业。并将创办实业的大部分所得投入教育。他的观点是，教育和实业一样，也是"富强之大本"。

《心向革命　追求光明——平民将军冯玉祥》

冯玉祥将军"是一位从旧军人转变而成的坚定的民主主义战士"。

抗日战争期间，他辗转各地，用实际行动积极抗战。日本战败投降后，他为了断绝美国的援蒋内战，又在美国四处演说，揭露蒋介石统治之黑暗，痛斥美国阴谋分裂中国的不良行为。

《刑场上的婚礼——革命烈士周文雍　陈铁军》

周文雍是广州起义的主要领导人之一。陈铁军出身于华侨商人家庭，却毅然投身革命洪流。1928年1月，两人接受派遣，回到广州假扮夫妻从事革命斗争，却不幸被捕。临刑前，两位烈士将敌人的枪声当作自己婚礼的礼炮，用生命和爱情谱写出一曲千古绝唱。

《星星之火　可以燎原——井冈山斗争的故事》

1927—1929年，毛泽东、朱德等老一辈革命家，在井冈山创建了农村革命根据地，进行了艰苦卓绝的斗争，建立了新型革命武装，点燃了工农武装革命之火，找到了农村包围城市最后夺取政权的中国革命的正确道路。

《新民学会的主要发起人——中国共产党早期革命家蔡和森》

蔡和森青年时期曾与毛泽东等人一起组织进步团体新民学会，参加五四运动，并在赴法国勤工俭学时研读大量马克思主义著作，回国后以满腔热忱投身革命事业，成为中国共产党早期重要的理论家和宣传家。

《威震黄浦江畔　高奏抗日壮歌——一·二八淞沪抗战》

面对日本侵略者的挑衅，十九路军在蒋光鼐、蔡廷锴的带领下，高举义旗，奋力一搏。一·二八淞沪抗战，是中国军人捍卫军人荣誉和祖国尊严所发出的吼声，谱写了一曲抗击日军侵略的英雄壮歌。

《将军恨不抗日死——慷慨就义的吉鸿昌》

在国难深重的20世纪30年代，吉鸿昌将军因拒绝执行国民党指示，坚决不打内战，被迫携眷出国"考察"。回国后，他加入中国共产党，组织了民众抗日同盟军，英勇打击日本侵略者，后于1934年11月被国民党反动派杀害。

奏响中华最强音

《献身革命　甘于清贫——梅岭忠魂方志敏》

大革命失败后，方志敏凭着"两条半步枪"起家，身经百战，创建了赣东北革命根据地和红十军。本书真实记录了方志敏投身于革命、领导红军和敌人进行艰苦卓绝斗争的经历，歌颂了烈士贫贱不移、威武不屈、献身革命的高尚品质。

《奏响中华最强音——人民音乐家聂耳》

聂耳在他有限的生命中创作了数十首革命歌曲，在抗日救亡运动中，聂耳的这些歌曲产生了广泛深远的影响。他的音乐创作为中国无产阶级革命音乐的发展指明了方向，树立了榜样。

《横眉冷对千夫指——中国文化革命主将鲁迅》

鲁迅不但是伟大的文学家，而且是伟大的思想家和伟大的革命家。在那风雨如晦的黑暗年代里，他以笔为投枪，同一切帝国主义和反动派进行了顽强的战斗，为中国人民树立了一个不朽的丰碑。他是新文化战线上的一面光辉旗帜，是我们伟大民族的灵魂。

《铁流两万五千里——红军长征的故事》

红军长征是人类历史上的一次伟大的壮举。第五次反"围剿"失败后，中国工农红军的三大主力在极端艰难的条件下，突破国民党军队的围追堵截，进行了史无前例的战略大转移，总行程达两万五千里以上。途中发生了许多动人故事，至今令人难以忘怀。

《荣辱不移革命志——创建陕北红军的刘志丹》

刘志丹是杰出的无产阶级革命家、军事家，西北红军和西北革命根据地的主要创始人之一。他一生热爱人民，追求真理，英勇善战，百折不挠，艰苦奋斗，忠心赤胆，为创建红军和革命根据地、为中国人民的解放事业建立了不可磨灭的功勋。

《英名永存北平城——爱国将领佟麟阁　赵登禹》

1937年7月28日，日军向北平郊区发动进攻。第二十九军副军长佟麟阁奉命在南苑率部与日军苦战，腿部受伤，头部被敌机炸伤，壮烈殉国。第一三二师师长赵登禹指挥部队顽强抵抗日军，右臂中弹负伤，仍继续作战。后在转移途中遭日军截击而牺牲。

《八百壮士　四行仓库铸军魂——谢晋元和他的战友们》

八一三抗战，中国军人以血肉之躯揭开全面抗战的帷幕。这是一场血战，是中国军人不屈不挠的英雄诗篇，其中的八百壮士守四行，成为这首英雄颂歌中最动人、最凄美的音符。一曲四行保卫战，铸就了不屈的军魂。

《八女投江　气贯长虹——八位抗联女战士》

抗日战争时期，以冷云为首的东北抗日联军8名女战士，为捍卫民族尊严，面对凶残的日寇，镇定自若，宁死不屈，投江殉国，表现了中华民族同敌人血战到底的英雄气概。她们的光辉形象，激励着千千万万的后来人。

《艰苦抗战　威震敌胆——著名抗日英雄杨靖宇》

杨靖宇将军是我国著名的抗日民族英雄。曾先后担任磐石游击队政治委员、东北抗日联军第一军军长兼政委、抗日联军总司令等职。领导军民对日寇坚持了长达9个年头的艰苦卓绝的斗争，最终以身殉国。

《死也不当亡国奴——镜泊抗日英雄陈翰章》

陈翰章，从1932年8月投笔从戎，直到1940年12月8日为抗击日本侵略者，战死在镜泊湖畔。他在抗日疆场上奋战了九年，他那可歌可泣的英雄事迹将为人们永世传颂。

《名将殉国　气壮山河——抗日将军张自忠》

著名抗日将领、民族英雄张自忠，生于忧患的时代，抱有"宁为百夫长，胜作一书生"的志向，经历过失败与低谷，最终成就了慷慨人生。本书主要以人物活动为主，勾画出一个真正的"民族魂"鲜活的人生，会带给读者振奋的力量。

《宁死不辱战士名——狼牙山五壮士》

1941年日寇在河北易县"扫荡"。为掩护群众和主力部队撤退，五位八路军战士毅然把敌人引上了狼牙山棋盘坨峰顶绝路。弹尽粮绝、无路可退，五位英雄纵身跳下了万丈悬崖，用生命和鲜血谱写出一曲惊天地泣鬼神的壮举。

《太行浩气传千古——抗日名将左权》

左权，中国工农红军和八路军高级指挥员，著名军事家。是八路军在抗日战场上牺牲的最高指挥员。名将阵亡，太行山为之垂首，全党为之悲痛。周恩来称他"足以为党之模范"，朱德赞誉他是"中国军事界不可多得的人才"。

《虎将兴关外　抗倭统雄师——抗联英雄赵尚志》

本书描写了久经考验的共产党员、东北抗联的创建者和主要领导人赵尚志，在艰苦卓绝的条件下，坚持抗战，威震敌胆，战功卓著，忍辱负重，忠贞不屈，为国捐躯的英雄故事，为青少年读者呈上一部爱国主义的佳作。

《黄埔之英　民族之雄——抗日名将戴安澜》

抗日名将戴安澜，先后参加保定、漕河、台儿庄、武汉、昆仑关等战役，作战英勇，屡建奇功；入缅作战，"扬威国外，藉伸正义"；守东瓜，复棠吉；殒身缅北，遗恨丛林，马革裹尸，成就了光辉的一生。

《爱国志士　民主先锋——新闻出版家邹韬奋》

本书讲述了邹韬奋献身新闻出版事业的奋斗历程，展现了一位新闻工作者坚定的革命信念和炽热的爱国主义精神，全心全意为人民服务、为读者服务的奉献精神，歌颂了他的高尚情操和优良品质。

《为抗战发出怒吼——人民音乐家冼星海》

人民音乐家冼星海，青年时期在巴黎求学，饱尝屈辱与磨难；学成后毅然回到多灾多难的祖国，用满腔热忱谱写激昂的音乐，鼓舞中华儿女的斗志；奔赴延安，谱写出不朽的名作《黄河大合唱》，发出中华民族抗日救亡的怒吼。

《全民皆兵　抗击日寇——抗日战争的故事》

中国人民进行的十四年抗战，是一百多年来中国人民反对外敌入侵第一次取得完全胜利的民族解放战争。这场战争是以国共两党合作为基础，有社会各界、各族人民、各民主党派、抗日团体、社会各阶层爱国人士和海外侨胞广泛参加的全民族抗战。

《捧着一颗心来　不带半根草去——人民教育家陶行知》

陶行知是我国现代教育史上伟大的人民教育家、教育思想家。他从青年起就立志献身教育事业，以"捧着一颗心来，不带半根草去"的赤子之心，为人民的教育事业鞠躬尽瘁。

《为民主与和平拍案而起——民主斗士闻一多》

闻一多早年与梁实秋等人发起成立清华文学社。赴美留学期间由对祖国的深深眷恋而创作著名的《七子之歌》。后在西南联大任教8年，积极投身于抗日运动和争取民主的斗争，发表了著名的《最后一次讲演》。

《铁窗难锁钢铁心——革命先烈王若飞》

王若飞是我党早期杰出的无产阶级革命家。在艰苦卓绝的斗争中，他出生入死、屡建奇功，以超人的睿智和胆略，在敌人的监狱中，同敌人展开了殊死的较量，为抗战的胜利和新中国的诞生做出了卓越的贡献。

《横扫千军　还我河山——抗联名将李兆麟》

李兆麟是东北抗日联军创建人之一，他率领抗日联军历尽千难万险与日本侵略者浴血奋战，在极其艰苦的条件下，保存了抗日联军的有生力量，为东北光复做出了重大贡献。

《锄头开出新天地——解放区大生产运动》

为了解决困难，渡过难关，党中央号召党政军民齐动手，开展大生产运动。中国共产党在其控制区域内发动的一场军队屯田和鼓励生产的群众运动，达到了自己动手丰衣足食，共度难关，既进行革命又进行生产自足的目的。

《生的伟大　死的光荣——女英雄刘胡兰》

刘胡兰，坚贞不屈的少年女英雄。生前对我国劳动人民的解放事业无限忠诚，在敌人威胁面前，大义凛然，毫无惧色，英勇牺牲，表现了共产党员的高贵品质。

《饿死不领美国救济粮——爱国知识分子的楷模朱自清》

朱自清作为爱国知识分子的典型，以锐利的笔锋直言痛斥反动政府的暴行，体现了他崇高的爱国情怀和不畏恶势力的精神品格。毛泽东曾给朱自清先生以高度评价："一身重病，宁可饿死，不领美国的'救济粮'"，"表现了我们民族的英雄气概"。

《为了新中国前进——舍身炸碉堡的董存瑞》

伟大的英雄，中国人民的儿子董存瑞，从儿童团长成长为一名光荣的解放军战士，在1948年解放隆化县城时，舍身炸碉堡，为新中国献出了自己年轻的生命。他的英雄形象永远留在人民心里。

《宁死不屈的共产党员——革命烈士江竹筠》

江竹筠，就是著名的江姐。1947年春，她负责《挺进报》工作，只几个月的时间，报纸就发行到1600多份，引起了敌人的极大恐慌。由于叛徒出卖，江姐不幸被捕，惨遭毒刑的残酷折磨，仍坚贞不屈。最后被特务秘密枪杀，年仅29岁。

《抗美援朝　保家卫国——志愿军的战斗故事》

抗美援朝战争是中国人民志愿军为援助朝鲜人民、保卫祖国安全，与美国为首的"联合国军"发生的战争。在朝鲜牺牲的志愿军烈士们，他们英勇的战斗事迹、保家卫国的精神值得我们发扬光大。

《上甘岭上壮烈歌——黄继光和他的战友们》

在1952年10月的上甘岭战役中，黄继光和他的战友们在零号阵地半山腰被敌机枪火力点压制，此时，黄继光身上已经多处负伤，手雷也已全部用光。为了完成任务，减少战友的伤亡，他用自己的胸膛堵住正在扫射的敌机枪射孔，为反击部队扫清了前进的道路。

《诗书印画　全入神品——国画大师齐白石》

齐白石出身贫寒，做过农活，当过木匠，后改学雕花木工，从民间画工入手，摹古人真迹，学诗文书法，融汇古今，而诗、书、印、画俱佳；他将中国画的精神与时代的精神统一得完美无瑕，使中国画得到国际的重视，无愧于"国画大师"的称号。

《毕生为文化而奋斗——中国第一出版家张元济》

张元济参与、主持和督导商务印书馆近六十年，使其从简单的印刷企业转变为当时中国教育出版的旗帜。张元济一生爱书，在中华大地动荡不安的年代里，他用自己对文化的热爱，续存着中华民族灿烂悠久的文明之光。

《独树一帜　梨园大师——著名京剧表演艺术家梅兰芳》

梅兰芳，京剧大师，演唱风格独树一帜，世称"梅派"。曾先后赴日本、美国、苏联演出，并荣获美国波摩那学院和南加州大学的荣誉文学博士学位。作为一位爱国者，抗战期间蓄须明志，拒绝为日本人演出，为后世称颂。

《华侨旗帜　民族光辉——爱国侨领陈嘉庚》

陈嘉庚是著名的爱国华侨领袖、企业家、教育家、慈善家、社会活动家。他为辛亥革命、民族教育、抗日战争、解放战争、新中国的建设做出了卓越的贡献。生前被毛泽东誉为"华侨旗帜、民族光辉"。

《向雷锋同志学习——伟大的共产主义战士雷锋》

雷锋，一个平凡而伟大的共产主义战士，一心向着党，一生秉承着全心全意为人民服务、无私奉献的崇高思想；发扬刻苦学习和钻研理论的"钉子"精神；坚持勤俭节约、艰苦奋斗的优良作风。毛泽东为其题词："向雷锋同志学习。"

《人民的好公仆——县委书记的好榜样焦裕禄》

焦裕禄，被誉为县委书记的好榜样。他用自己的革命精神，展开了与大自然、与社会落后现象、与病魔的多重抗争，让我们领略到一个共产党人的生之伟大、死之壮美的人格品质和具有现实教育意义的精神魅力。

《文学巨匠 京味大师——人民作家老舍》

老舍是我国现代小说家、文学家、戏剧家。他用融入骨髓的真诚文字反映生活的喜怒哀乐。老舍的一生，总是在忘我地工作，他是文艺界当之无愧的"劳动模范"，生前被北京市人民政府授予"人民艺术家"的称号。

《革命老人——无产阶级教育家徐特立》

徐特立是一代伟人毛泽东的老师。他出生在贫苦家庭，大部分时间生活在动荡艰苦的年代；他刻苦勤奋，不畏艰辛，追求光明，一生勤俭，为革命培养了大量的人才；他对党和人民任劳任怨，鞠躬尽瘁。他坎坷奋斗的一生，留下了许多可歌可泣的故事。

《人生能有几回搏——新中国第一个世界冠军容国团》

容国团先后担任中国乒乓球队运动员、女队主教练。获得1959年男子单打世界冠军；1961年夺得男子团体世界冠军；作为中国女队主教练，1965年率女队第一次夺得女子团体世界冠军。他的"人生能有几回搏"的豪言，举国传诵。

《石油工人一声吼 地球也要抖三抖——铁人王进喜》

王进喜，新中国第一批石油钻探工人。他为祖国石油工业的发展和社会主义建设立下了不朽的功勋，在创造了巨大物质财富的同时，还给我们留下了宝贵的精神财富——铁人精神。他被评为"百年中国十大人物"，写入中华民族的光辉史册。

《做人民需要我做的事——著名地质学家李四光》

李四光是一位伟大的科学家，他一生从事地质学研究工作，足迹遍布祖国的山川，为祖国探明了许多地下宝藏；他创建了崭新的学说——地质力学；他历尽重重困难，为正确认识地质构造开辟了一条新路。

《中国化学工业的先驱——著名化学家侯德榜》

为摆脱纯碱需要进口的窘况，20世纪初，怀着"实业救国"梦想的中国化工先驱侯德榜等人创办了永利碱厂，并立志生产出中国人自己的碱。1926年，永利碱厂终于成功地生产出"红三角"牌纯碱，从此中国制碱业得以跨入世界先进行列。

《毕生求是　一丝不苟——著名科学家竺可桢》

著名科学家竺可桢献身科学研究；治学严谨，一丝不苟；一生廉洁，两袖清风；作风民主，爱护学生。他以爱国之心、报国之志，从一个民主主义者逐渐成长为一个共产主义战士。

《热爱自然的大地之子——著名植物学家蔡希陶》

蔡希陶，五十载风雨，五十载坎坷，五十载奋斗，五十载开拓，为了发现对人类生产、生活有用的植物及新物种的引进而做出巨大贡献，在中国的植物资源学史上将永远镌刻着他的名字。

《高洁无私的襟怀——知识分子的楷模蒋筑英》

蒋筑英是中国当代知识分子的先锋典范，他不为名，不为利，尊重科学；他以坚忍的毅力和顽强的作风，在科学的道路上呕心沥血，鞠躬尽瘁，无私地奉献了青春和生命。

《迎接新生命的天使——卓越的妇产科专家林巧稚》

林巧稚是国内外享有盛誉的妇产科专家。在五十多年的医学教育和临床实践中，林巧稚亲自接生了五万多婴儿，治愈了数千病人，培养了数以百计的专门人才，为我国的妇女儿童事业做出了不可磨灭的贡献。

《独自成千古　悠然寄一丘——国画大师张大千》

张大千是20世纪中国画坛最具传奇色彩的国画大师，无论是绘画、书法、篆刻、诗词无所不通。在艺术界深得敬仰和追捧，艺术家们用真挚的感情，用绘画和雕塑展现了"张大千"多彩的艺术形象。

《建造中国的通天塔——著名数学家华罗庚》

中国当代著名数学家华罗庚，为中国数学的发展做出了无与伦比的贡献，他是中国解析数论、典型群、矩阵几何等多方面研究的创始人与开拓者，也是我国最早将数学理论研究与生产实践紧密结合的科学家。

《问鼎长天　强我国威——两弹元勋邓稼先》

邓稼先是我国著名科学家，参加组织和领导我国核武器的研究、设计工作，从对原子弹、氢弹原理的突破和试验成功及其武器化，到新的核武器的重大原理突破和研制试验，作出了重大贡献。是我国核武器理论研究工作的奠基者之一，被誉为"两弹元勋"。

《敢叫天堑变通途——桥梁专家茅以升》

中国著名的桥梁专家茅以升从小立志为祖国建造桥梁，经过不懈努力，他不仅设计建造了一座座宏伟壮观、坚固实用的道路桥梁，而且搭建了一座座友谊之桥，为祖国建设作出了卓越贡献。

《蘑菇云之梦——核物理学家钱三强》

被誉为"中国原子弹之父"的核物理学家钱三强，更名后立志于科技报国；24岁投师于世界著名核物理学家居里夫妇；与夫人何泽慧合作，发现铀的"三分裂""四分裂"现象；统领我国的原子大军，做了大量创造性工作。

《两离桑梓地　满怀雪域情——领导干部的楷模孔繁森》

孔繁森，是一位一尘不染、两袖清风的好干部。两次进藏工作，历时十载，为西藏的建设、发展和稳定作出了突出的贡献。1994年11月，孔繁森不幸以身殉职。人民群众称他为新时期领导干部的楷模。

《摘取数学皇冠上的明珠——著名数学家陈景润》

陈景润是享誉世界的数学家，为了证明"哥德巴赫猜想"，他以惊人的毅力在数学领域里艰苦跋涉，终于攻克了世界著名数学难题"哥德巴赫猜想"中的"1＋2"，创造了中国乃至世界数学史上的辉煌。

《学术独步　饮誉四海——享有国际威望的科学家卢嘉锡》

卢嘉锡是一位在国际科学界享有崇高威望的物理化学家、化学教育家和科技组织领导者。1945年，卢嘉锡满怀"科学救国"的热忱回到祖国，对中国原子簇化学的发展起了重要推动作用，他所指导的新技术晶体材料科学研究，也取得了重大成绩。

《德艺双馨　梨园楷模——著名豫剧表演艺术家常香玉》

常香玉1941年赴陕甘演出。1948年在西安创办香玉剧社。1951年为支援抗美援朝，率剧社巡回西北、中南、华南各地演出，以演出收入捐献"香玉剧社号"战斗机一架，素有"爱国艺人"之誉。

《文学大师　激流勇进——著名作家巴金》

本书以巴金生平和主要事迹为线索，回顾和展示现代著名作家巴金的一生，以期让人们看到巴金在这风云变幻的100多年中，有过成功的欢欣，有过屈辱的磨难，有过痛苦的忏悔，有过平静的安宁。巴金的人生，映照着一代中国五四知识分子坎坷而不平凡的命运。

《壮心系科学　孜孜为国昌——理论化学家唐敖庆》

本书讲述了唐敖庆从出国求学、学业有成、回国任教，到服从安排、艰苦工作、刻苦钻研，最终成为中国量子化学奠基者的过程。让人们看到了这位著名化学家的赤心爱国、严谨治学、大公无私的崇高品格和科研上的卓越成就。

《中国导弹之父——著名科学家钱学森》

当第一颗原子弹升空的时候，当中国的人造卫星奏响《东方红》的时候，当中国运载火箭腾空而起的时候，当中国研制的导弹准确命中目标的时候，人们都会想起他的名字：中国导弹之父钱学森。

《中国近代力学的奠基人——著名科学家钱伟长》

钱伟长曾以中文和历史两个100分的成绩考入清华大学。九一八事变后，钱伟长毅然放弃了文科的学习而转为理科。他是中国近代力学、应用数学的奠基人之一，在固体力学、流体力学以及航空航天领域，取

奏响中华最强音

——人民音乐家聂耳

得了卓越的成就，为新中国的现代化建设付出了毕生的精力。

《中国光学科学的奠基人——著名科学家王大珩》

王大珩是我国著名的科学家，中国光学科学的奠基人。他先在清华就读，后赴英国求学，学业有成，立志科学救国，其成就享誉神州。他以科学的求是精神和赤诚的爱国情怀，探索着中国光学发展的闪光之路。